L'Erudita

Un sentito grazie all'artista udinese Giorgio Celiberti, che ha donato a *Smileagain* l'opera riprodotta in copertina, dal titolo *Violenza | sofferenza | rinascita*.

L'Erudita
è un marchio di Giulio Perrone Editore S.r.l., Roma
I edizione Novembre 2019
II edizione Gennaio 2023
Progetto grafico e logo design: Maurizio Ceccato | IFIX
Finito di stampare presso Creative 3.0 Srl, Reggio Calabria
ISBN 978-88-6770-578-8
www.lerudita.it

Più della mia pelle

Giuseppe Losasso e Annalisa Maniscalco

A mia mamma Nina
e a mio figlio Paolo.

Al dottor Amelina e agli altri angeli
dell'Ospedale Santo Spirito in Sassia.
A Laura e Cristina: loro sanno perché.

Zayna e Bepi

Alla fine, la ragazzina riapre gli occhi.
Rianimarla non è stato facile, per via delle sue braccia – e del suo mento, soprattutto. Un'infermiera non ha resistito ed è scappata dalla sala. Più tardi si racconterà che è andata via perché non c'era spazio accanto alla barella, intorno a quel corpicino senza fiato. Restando, avrebbe ostacolato le manovre; così si dirà, ore dopo, passando in fretta davanti al letto della ragazzina. Ma la verità è che in quel corpo annodato, in quelle braccia contorte, in quel mento colato, l'infermiera ha rivisto una possibilità, un rischio che lei stessa ha corso, una volta – ma questo l'infermiera non può dirlo a nessuno, non deve dirlo mai. Perciò è scappata via, mentre i medici si affannavano sulla ragazzina tentando un'intubazione impossibile – come cercando un varco nella lava fredda, la geometria dentro una frana. Perché insistere, ha pensato il medico più giovane, con pietà e ribrezzo: per sé, per lei. Perché non smettere, ha pensato il medico anziano, tentato da un istinto vecchio, da una stanchezza, da una solidarietà. Se pure aprisse gli occhi, ha pensato l'altro infermiere, questa ragazzina che cosa vedrebbe?
Sempre e soltanto il suo sterno bruciato.

Eppure, la ragazzina riapre gli occhi.
E per un attimo non ricorda nulla di sé. Non riconosce niente di quello che ha intorno, a parte il bianco.

Ma quante sfumature può avere, il bianco.

Il primo bianco è quello del lenzuolo. Vicinissimo al suo volto, sa di plastica e candeggina: un odore disumano che quasi la soffoca. Ma – ed ecco il ricordo lancinante, che però non la lascia convinta, come il sospetto di un incubo – smuovere quel lenzuolo non è facile. Sotto la stoffa, contro il suo mento, qualcosa tenta di divincolarsi, quasi non fosse lei a volerlo.

Finalmente il lenzuolo si districa e scivola via con un fruscio rigido, sporco. E sdrucciolando, scopre un altro bianco: ruvido, sovrabbondante, avviluppato. È il bianco delle bende con cui le hanno fasciato le mani, i polsi, gli avambracci, fin dove il suo sguardo può arrivare. Perché poi comincia subito il bianco vecchio, rattoppato a fili disuguali, con i buchi per le braccia modificati ad arte, della sua camicia da notte.

Chiunque potrebbe sollevarsi su un gomito per guardare oltre, e vedere il bianco rugginoso della struttura del letto, quello crepato delle mattonelle del pavimento, quello scrostato della porta della corsia, quello macchiato di impronte intorno al vecchio interruttore, quello lattiginoso delle tende della finestra.

Lei, invece, non può. Il suo sguardo non arriva lontano: il panorama per lei si ferma al confine delle ciglia, poco oltre l'orlo sfilacciato del cuscino. O in basso, fino alle gambe raccolte sotto la camicia da notte. Al massimo alla sua destra, fin quasi al bianco rancido e superfluo che piove dalla plafoniera accesa.

Il ricordo di prima ha trovato contorni precisi, e pungenti come le fitte che si stanno svegliando nei suoi polsi. La ragazzina prova ad agitarsi, ad allontanarsi da sé, ma il massimo che può fare è scalciare lontano le gambe, frustare il materasso, provare a scardinare la testiera del letto; ma i suoi piedi non arrivano fin là, e allora battono a lungo e a vuoto dentro la guaina impietosa del lenzuolo.

La ragazzina si dimena invano, e tutto il corpo riprende a pulsarle del solito, familiare dolore. Ci sono movimenti che non si dimenticano, nonostante tutto. Nonostante le nuove abitudini e le ricostruzioni – nonostante le costrizioni. E ora che i dottori le hanno fasciato anche le dita, lei non può nemmeno graffiarsi il volto a sangue.

Di nuovo qui, grida la ragazzina dentro di sé. Ancora qui.

«Cerca di dormire».

È la voce dello zio Hasan. Si è seduto alle sue spalle.

La ragazzina non risponde; solo, non smette di strofinare un piede contro il materasso, sotto il lenzuolo. Vuole che quel calore diventi piaga. L'uomo sembra non accorgersene; riprende piano, quasi fra sé: «"Tra coloro che vi precedettero c'era un uomo ferito, che soffriva molto, così prese un coltello e..."», ma la voce gli muore in gola.

Lei tace e si rannicchia ancora di più. Anche il suo piede si ferma.

Sono le parole del Profeta, e negano ai suicidi le porte del Paradiso.

«Non potevo lasciarti lì» dice lo zio, dopo un silenzio.

E dov'è mia sorella, vorrebbe chiedergli la ragazzina, dov'è Azeema? Ma il pensiero si arena da qualche parte nella sua nuca spezzata, e si disperde.

Lo zio Hasan va via senza dire altro. Entrano tre infermiere; una di loro era nella stanza di rianimazione, e ora si tiene un po' discosta, affaccendata su un altro letto. Le altre due si avvicinano alla ragazzina per lavarla, ma si scoprono di colpo impacciate. Non sanno come toccarla, e lei non le aiuta. Alla fine, decidono senza una parola di limitarsi alle fasciature.

Il bianco, dentro le bende, non è puro. La ragazzina non riesce, non può fare a meno di guardare: perché è tutto lì, sulle sue mani, il suo orizzonte. I tagli sono profondi – anche se a destra meno che a sinistra: il secondo è più slabbrato, più difficile da praticare mentre il primo già sanguina copiosamente –, i punti sono numerosi e stillano una linfa brunastra, densa.

Saranno presto delle nuove cicatrici.

L'infermiera che non si è avvicinata ora si allontana in fretta verso l'altro lato della corsia. La ragazzina sente i suoi passi sulle mattonelle, e poi due voci maschili, devono essere due medici, che parlano tra loro in inglese. Una delle voci ha un accento strano, morbido, colmo di vocali. Si avvicinano, si fermano.

«Per favore», prega l'infermiera.

Qualcuno solleva il lenzuolo. La ragazzina serra gli occhi.

Il silenzio si ammassa sulla sua pelle, sulle sue braccia, sul suo mento. Solo la plafoniera ronza.

Poi: «Let's try», dice la voce piena di vocali.

Proviamo.

No, vorrebbe rispondere la ragazzina. Non mi toccate, non mi guardate nemmeno. Ma la sua, di voce, è sepolta da qualche parte sotto il mento, dietro lo sterno, dentro la pelle che le è ricresciuta a fiotti.

Proviamo.

Lasciatemi in pace, vorrebbe gridare, ma è stremata. Da tre anni il dolore la strangola, la pugnala nella schiena, nelle ossa piegate, nelle fibre dei muscoli che non ci sono più e nei tessuti, innaturali e necessari, che le si sono raggrumati addosso. Mi faranno ancora più male, pensa.

Proviamo.

Vi prego, no, pensa la ragazzina: è tardi. Ma il silenzio la sovrasta e la riempie, un silenzio che è fermentato negli ultimi tre anni, annidandosi in ogni interstizio del suo essere. La ragazzina vorrebbe sciogliersi del tutto, per diluirsi e colare via nella trama del lenzuolo: non fa niente. Non sono niente.

Proviamo.

Ma è molto difficile, le dicono: non è detto che riesca. E all'improvviso la ragazzina ha paura, una paura che non aveva quando ha stretto tra le dita quella lametta da poche rupie – questo è il prezzo che si è data. Ma non mi è riuscito, non fa che ripetersi, neanche questo mi è riuscito. E pensa sempre a sua sorella, ad Azeema nel suo splendido abito rosso – dov'è adesso? – ma il rosso stinge, ingrigisce, si stempera nel bianco e nel bruno delle bende. Solo quella lametta aveva senso, pensa la ragazzina, ma non mi è riuscito.

È un intervento difficilissimo, le dicono: potresti morire nel tentativo.

«Proviamo, Zayna?».

Prima delle ragazze

Bepi

«Cos'è che vuoi fare, tu?!».

Per poco a mio padre non è preso un infarto.

Non lo biasimo, col senno di poi. Io ero un pessimo studente, e non solo per gli standard del liceo scientifico Marinelli di Udine. A quell'epoca suonavo, giocavo a calcio, facevo teatro, mi piaceva divertirmi, avevo moltissimi amici, mi avevano persino eletto rappresentante di classe. Ero interessato a tutto, meno che allo studio. Perciò, quando alla fine mi sono diplomato, non si sa bene come (e non lo racconto perché è una storia molto triste), i miei hanno respirato un po' d'ossigeno: finalmente Bepi ha finito gli studi, pensavano. Ora se ne va a lavorare.

Come, mi sono detto, allora il mio mondo finisce qui? Tutto quello che mi sono creato, le mie passioni, i miei amici: se ora vado a lavorare, finisce tutto. No, ho pensato; io voglio andare avanti.

«L'università?!».

Già, l'università. Ma cosa studiare? Senz'altro, niente matematica: quelle robe per me erano termini assurdi. Mi arrovellavo, cercando qualcosa in me che fosse così naturale da venirmi facile, mentre tornavo a casa dall'ospedale dove avevano ricoverato un mio caro amico.

(Si era innamorato di una nostra compagna di liceo, e aveva dato una festa, la sera prima, solo per poterla avvicinare, per farsi coraggio in mezzo all'allegria. Ma io mi ero accorto che era triste, anche se si camuffava dietro alle battute e ai brindisi chiassosi. «Vieni a bere qualcosa con noi», gli dico sull'uscio, a festa finita. «Andate voi», risponde lui, «io sono un po' stanco». Chiude la porta e io mi avvio con gli altri. Ma non stavo tranquillo: ero convinto che stesse soffrendo, me lo sentivo nella pelle. Eravamo quasi al bar quando ho deciso di tornare indietro. Mi affretto, busso, ma il mio amico non risponde. Riprovo, sempre più forte, sempre più disperato, finché la vicina non mi raggiunge con il doppione delle chiavi. Apriamo la porta e lo troviamo sul pavimento, svenuto.

Aveva preso tutta una boccetta di ansiolitici.

Non sarebbe morto, ma quella notte ci hanno detto che avevamo fatto bene a portarlo in ospedale).

«Medicina?!».

E qui mio padre ha rischiato il secondo collasso: la facoltà più lunga e onerosa. I miei non erano agiatissimi, ora lo capisco: l'avrei fatta anch'io qualche resistenza. Ma ormai mi ero convinto: la medicina mi avrebbe permesso di stare con la gente, cosa che mi piace tantissimo, e di rendermi anche utile.

Se non fosse stato per mia madre, io ora non sarei qui, in tutti i sensi che uno può immaginare. E siccome, dopotutto, mia madre mi adorava, anche quella volta ha preso le mie parti.

«E va bene, vai a studiare» ha detto mio padre alla fine; «ma se cominci a rimanere indietro con gli esami...».

A un certo punto, uno si sveglia come da un lungo sonno. Io mi sono svegliato con l'università. I miei amici ci credevano a stento: «Impossibile, Losasso che studia?». Studiavo tanto che ho finito con la media del 28 e una borsa di studio (con cui ho comprato la mia prima macchina, ma questa è un'altra storia). Mio padre, figurarsi, ha rischiato il terzo collasso per lo stupore.

Poi c'è stata la bomba di Bologna.

All'epoca preparavo la tesi all'Università di Verona, e intanto facevo tirocinio in ospedale. Ero uno dei pochi in servizio, perché era agosto e molti medici erano in ferie. Alla stazione di Bologna, in pieno via vai vacanziero, l'esplosione fu terribile. Subito, con ogni mezzo, i soccorritori portarono i feriti in tutti gli ospedali della zona, e ne arrivarono tantissimi anche al pronto soccorso veronese: traumatizzati, fratturati, ustionati, mutilati, gente innocente in condizioni disastrose e spesso in stato di incoscienza, di cui non si riusciva a scoprire neanche il nome, figuriamoci l'anamnesi, la situazione clinica, la famiglia da avvertire. Niente.

Io mi sono ritrovato lì, in mezzo a tutti quegli interventi d'emergenza. Era un campo di battaglia. Di quel giorno conservo solo poche, vivissime immagini, e l'odore della polvere di cui eravamo tutti intrisi. Come se uscisse da noi, la polvere: come se fossimo noi stessi a sgretolarci. Ma quel giorno ho capito cosa volevo fare delle mie mani.

Innanzitutto, volevo usarle in ospedale. Al pronto soccorso, dove ho cominciato, può arrivare da un momento all'altro un paziente che non respira: il medico deve capire qual è il problema e agire subito, rispondendo con una terapia o con un intervento. È la scuola migliore: per questo io consiglio l'esperienza in pronto soccorso ai giovani che vogliono diventare medici, con un buon maestro che li guidi e li orienti. Perché – ed è questa la cosa più bella – il chirurgo d'urgenza può vedere subito il risultato della cura;

può aiutare direttamente le persone che si affidano alle sue mani.

«Losasso, basta. Dichiara il decesso».
Il primo paziente è una storia che non ti abbandona mai. Quando ho preso servizio al pronto soccorso di Udine, era il periodo più oscuro delle tossicodipendenze. Arrivavano a frotte, la sera. Si facevano di eroina e sapevano che i medici erano obbligati a curarli. Spesso sfidavano i dottori, li aggredivano. Era gente ridotta a brandelli.

Ho visto di tutto, ma quello che non dimenticherò più è un uomo sulla cinquantina: il primo che mi è morto tra le mani.

Lo portano già in arresto cardiaco, in sospetto coma etilico, tutto viola. Per fortuna riesco a trovargli la vena centrale, ma il monitor non dà segnali di vita. Allora comincio la rianimazione, e tento, e ritento, e provo ancora, ma passano dieci minuti e non cambia niente.

Quanto può essere orrenda una linea piatta.

«Losasso, basta. Dichiara il decesso», mi ripetono i medici più anziani. Perché il paziente è morto: dopo dieci minuti di nulla, lo so benissimo, quell'uomo è morto.

Ma è il mio primo morto, e non posso rassegnarmi.

Proprio a me doveva capitare, continuo a dirmi. Perciò credo sia stata la disperazione, ma anche l'ostinazione, una specie di incoscienza – o di risentimento: fatto sta che non mi fermo. Ed ecco, dopo un altro lunghissimo minuto, il cuore di quell'uomo riprende a battere.

Nessuno parla, nella sala, tranne il monitor. La linea saltella in mezzo al nero. E io sono stravolto, potente, e probabilmente colpevole. Perché ho riafferrato quell'uomo, sì, ma dopo troppi minuti senza ossigeno. Si sveglierà; ma quali danni avrà subito il suo cervello?

A che vita l'avrò condannato?

Nella medicina non ci sono regole; solo dei parametri da seguire, delle linee guida. E poi ci sono delle altre linee, che sono al di fuori e vanno al di là della prassi, e dipendono da chi gestisce la situazione in prima persona. In quell'occasione, io non sono stato bravo. Ero l'ultimo arrivato, il più giovane, il più inesperto; chiunque avrebbe potuto fare lo stesso, lì, con quell'uomo, e sicuramente anche meglio. Bastava solo insistere, continuare a pompare. La differenza è che io ho insistito quando per gli altri quell'uomo era spacciato.

E ora io non so, non mi do pace ancora, dopo tanti anni. Forse è stata solo fortuna, non dico di no. Ma c'è *qualcosa*, di questo ormai sono convinto; qualcosa che non mi spiego, che nessuno si spiega. Perché quell'uomo, quando si è svegliato, è tornato com'era, e muove tutto, e si ricorda ancora di me.

Non ero ancora un vero medico, allora, però quella volta ho fatto il medico, per come lo intendo io.

Tempo dopo, ho fatto anche il medico di base. Tutta un'altra storia, tutta un'altra medicina: una questione di ascolto. I pazienti mi chiamavano (e io andavo, bevevo a casa di quello, mangiavo a casa di quell'altro: ecco, sorvolerei), parlavo con la gente e poi dopo un po' quelli neanche si ricordavano perché mi avevano chiamato.

«Ah, sì. Dottore, ho sempre mal di testa. Mi prescrive qualcosa?».

Quanti farmaci avrei potuto dare, e non ho dato. Mi sono reso conto negli anni che noi medici risolviamo con i farmaci perché è più facile, è più rapido. Perché ci siamo stancati di stare a sentire il paziente che viene da noi a piagnucolare per un mal di testa o un mal di pancia. Ma quei mal di pancia, quei mal di testa vengono perché il paziente è depresso, perché gli è morto un fratello, perché la moglie lo ha lasciato. O magari perché non gli si alza più, per citare una cosa che uccide un uomo, e che l'uomo raramente è disposto a confessare. Tutte queste cose si somatizzano. Il paziente va dal medico perché, per non ammettere che non gli si alza più, gli viene il mal di testa. Se si ascolta il paziente al di là del suo mal di testa, si scopre il vero problema, che il più delle volte è risolvibile.

Per me, fare medicina significa che il farmaco non te lo do, se non ti serve. Non te lo do per farti stare zitto. Anche per questo ho sempre preferito la chirurgia, la medicina più immediata – e in particolare la chirurgia plastica, che è anche varia, ramificata, mai monotona: perché mi costringe a risalire alla causa reale, materiale e scatenante, e a estirpare la radice del problema, anche a costo di lasciarci una cicatrice. Mi costringe a rispondere di quello che faccio.

E a risponderne con i pazienti, dopo.

Mentre mi specializzavo in chirurgia plastica, è venuto da me un ragazzo per una visita generale. Avrà avuto diciott'anni: un bel ragazzo, vivace. Lo visito e gli scopro un brutto neo. Poi un altro. Cerco ancora: un terzo neo, e anche un quarto.

«È meglio toglierli».

«Ma come, tutti?» si stupisce il padre del ragazzo.

«Tutti», rispondo io.

Li togliamo tutti e quattro e li faccio analizzare. Risultato: melanoma, melanoma, melanoma, melanoma. Uno dei tumori più aggressivi, micidiali e meno controllabili con le terapie oncologiche. È fondamentale scoprirlo in tempo e intervenire chirurgicamente. Questi quattro melanomi se ne stavano lì, quattro macchioline sulla pelle del ragazzo, e presto o tardi l'avrebbero ucciso. Il ragazzo oggi è vivo, sta bene e mi viene ancora a salutare (e mi porta i salami fatti in casa. Ecco. Se avessi fatto un altro mestiere, sarei magrissimo).

Ma ovviamente non va sempre così, anzi. A un altro ragazzo, che di anni ne aveva quattordici, ho diagnosticato un melanoma in stato avanzato. Non ne ha compiuti quindici.

E lì un medico non deve solo capire cosa fare, ma anche come dire le cose, come stare vicino alle persone. Il punto non è tanto guarire la malattia, perché se un tumore vuole andare avanti, se è troppo tardi, non c'è modo di fermarlo. Allora il medico deve prendere la sua bella laurea, spalmarsi addosso tutto quello che ha studiato e cercare di *viverlo*, per poterlo dire non solo al paziente, ma anche alla sua famiglia. Deve capire come possono stare male le persone, anche quelle che il tumore ce l'hanno in un figlio, e capire cosa vorrebbero sentirsi dire. E io non dico mai «non è niente»: perché è un discorso del cazzo, se ho capito che di lì a un anno il paziente sarà morto.

C'è una donna, a Udine, che mi invita sempre a pranzo, a cena, a mangiare. Suo marito è morto di melanoma, sotto i ferri: sotto i *miei* ferri. Può succedere, perché sono un medico, non faccio miracoli. Posso avere occhio, o fortuna, o tempismo. Posso fermarmi ad ascoltare e farmi le domande giuste; eppure, non ho potuto salvare quell'uomo. Ma se c'è una cosa che ho potuto fare, è stata questa: accompagnarlo fino alla fine, e stare vicino alla sua famiglia.

E capisci di essere sulla strada giusta non tanto quando ti

senti dire «Questo dottore mi ha salvato la vita», ma soprattutto quando ti dicono: «Questo dottore ha curato mio figlio».

In ospedale, la branca della chirurgia plastica che ho praticato di più è quella delle ustioni, la più pesante e insieme delicata, la più dolorosa, a cui in genere i chirurghi plastici preferiscono le tette.

Ma, a proposito di tette: anche con la chirurgia estetica puoi sentirti un buon medico. Innanzitutto perché l'estetica è il punto d'arrivo di un percorso lungo, che passa attraverso la chirurgia plastica, la tumorale, la ricostruttiva. Ma soprattutto perché un intervento di estetica ben fatto può portare le persone fuori da una situazione drammatica, con sé stessi e con gli altri.

«Dottore, non mi riconosco più».

Non me la posso dimenticare. Era ancora giovane, ancora attraente. Una madre con gli occhi spenti. Aveva avuto i suoi due figli a distanza di pochi mesi: e il seno, che prima delle gravidanze era florido, le si era rovinato. Questa donna si vedeva appassita, viveva male la maternità, si vergognava di mostrarsi a suo marito. Avrebbero finito per separarsi. Le ho proposto un intervento, lei ha accettato; ora vivono felici. Grazie a due tette finte, sì: ben venga, se l'estetica ha salvato il loro matrimonio. Se ha restituito a quella donna una più sana percezione di sé, da cui deriva sempre tutto il resto.

Restituire: questo è il punto. La chirurgia estetica non dovrebbe trasformare una persona, ma ridarle un aspetto simile a quello che aveva, farla somigliare a ciò che era. Uno rivaluta tante cose di sé, quando deve tornare a essere com'era. Specialmente se poi ha la fortuna di riuscirci.

Però, a un certo punto, è iniziata la routine.

Ero ancora giovane, lavoravo in ospedale e avevo una bella attività da libero professionista, stavo benissimo economicamente. Avevo tante persone da ricordare, e che si ricordavano di me, nel bene e nel male. Però, un giorno mi è sembrato tutto piatto. La mia vita mi sembrava una linea uniforme.

E non c'è niente che mi sgomenti più della monotonia.

Con mia moglie, poi, le cose andavano malissimo. Avevamo finito per vivere in modo diverso, e non andavamo più d'accordo. Senza che nessuno si intromettesse tra noi, ci eravamo traditi, nel senso che non somigliavamo più a quello che eravamo prima. E quand'è così, ci si deve lasciare.

Sono tornato a vivere da solo. Mio figlio Paolo all'epoca aveva solo tre anni ed è stato affidato alla madre, come prescrivevano le leggi di allora. Mi svegliavo spesso di notte, i primi tempi, nella casa vuota: come quando lui era appena nato e non dormiva. Era ancora troppo piccolo, e io temevo che restassero dei segni indelebili nella sua vita, per via della mia assenza e delle battaglie che combattevamo io e sua madre.

È stato allora che ho ricevuto quella telefonata.

Zayna

La sala del ristorante è colma di profumi: ogni invitata porta il suo, setoso come i drappi di un vestito. L'aria è fitta di strascichi: di sandalo, di curcuma, di spezie rare e segretissime.

E ogni profumo converge su Benazir. È lei la sposa, promessa fin da quando era bambina. E in parte lo è ancora: nella forma innocente delle orecchie, nella fragilità dei polsi, in certi sguardi spauriti, sorpresi, che semina in giro, mentre sua suocera la assedia con l'ultima dose di ubtan, l'unguento speciale per la pelle delle spose.

Perché domani, durante le nozze, la cosa che più a fondo si deve imprimere nella mente dello sposo è il profumo della sua donna. Lui la vedrà, la *scoprirà* davvero, solo dopo l'accordo solenne; ma, fino ad allora, Benazir sarà per lui un'apparizione di rosso e di fragranze. Poi, ogni volta che il marito chiuderà gli occhi, per tutta la vita sua moglie ne sarà il profumo.

Azeema e Zayna, le sorelline della sposa, si aggirano per la sala del ristorante. Saltano di tavolo in tavolo, si nascondono di colonna in colonna, spiando le invitate e il loro aggraziato chiacchiericcio. Sono ancora piccole, per la loro età, ma crescono all'unisono, come una piantina sul davanzale e il suo riflesso sul vetro della finestra. Ogni tanto qualcuna le intercetta, le scruta e poi giura di riconoscerle: «Azeema e Zayna! Vi ho viste nascere, certo che vi distinguo!». Ma quasi tutte sbagliano; e alle poche che indovinano, Azeema ribatte di essere Zayna, e Zayna non la smentisce.

Il padre, Mohammad, ci casca quasi ogni volta: forse fa finta, ma forse no, perché le guarda poco, da quando sono nate femmine. Il cugino che lavora con lui – un ventenne dai capelli crespi e la gola lunga, da ragazza – ogni volta le guarda entrambe, stupito che possano somigliarsi tanto. Qualche volta riescono a ingannare anche Fatima, la loro mamma, soprattutto se è distratta dalle sue faccende. L'unico che non si lascia mai sorprendere è lo zio Hasan, il fratello della madre. Si è sposato una sola volta, da ragazzo, con una donna bellissima che non c'è più, e da allora vive con loro; lavora in città e legge sempre il Corano.

Lo zio e il padre della sposa non sono ancora arrivati. Verranno più tardi, per la cena con lo sposo. Per ora nella sala sono ammesse solo le donne, con i loro profumi sinuosi come ombre.

Intorno alla poltrona di Benazir dei teli di stoffa rossa, leggerissimi, ondeggiano ai sussurri delle invitate; più in là, su un pannello colorato, sono scritti i nomi degli sposi. Lui si chiama Haleem ed è un cugino di primo grado. Azeema e Zayna se lo ricordano da ragazzino: stava sempre in disparte durante i giochi, e Benazir lo punzecchiava per sentire se gli era cambiata la voce. Questa della voce le sembrava una cosa irreversibile, come quello che le era capitato quell'estate – di macchiarsi, per la prima volta, davanti a tutti: un inspiegabile, ineluttabile passaggio, dopo il quale ha iniziato a indossare il velo. E siccome quello di Benazir era un mistero di cui non si doveva parlare, lei ritornava sempre su quello di Haleem, per renderglielo altrettanto vergognoso, o forse per rassegnarsi al suo e addomesticare il proprio. Lui la guardava, in mezzo al cortile polveroso dei loro giochi, e rispondeva appena. Ma sorrideva tra sé, paziente e vendicativo: e ora, cinque anni dopo quell'estate di sangue e di silenzi, finalmente Haleem si prenderà le sue dolcissime rivincite.

La festa del Rasm-e-Mehndi per Benazir volge al termine. Presto il sole tramonterà, e arriveranno gli uomini. Ma nella sala del ristorante, con le finestre su una Lahore piatta e fitta come un campo di papaveri, è ancora l'ora delle ultime raccomandazioni. Azeema e Zayna si accucciano dietro alla poltrona di Benazir e ascoltano di nascosto.

«Non avrò mai più questa pelle» dice Benazir.

«Non importa» le risponde la suocera, che è anche sua zia. «È il ricordo che gli lascerai domani che conta».

«Basterà? Perché da bambini...».

«Domani sarete due persone nuove».

La zia si allontana, portando via il flacone vuoto dell'ubtan. Azeema e Zayna escono di colpo dal loro nascondiglio con un unico grido gioioso, ma Benazir non si spaventa: è già lontana.

«Venite qui» le chiama, tendendo verso di loro le mani morbide di balsamo. Azeema le corre incontro, Zayna per qualche ragione rimane indietro, intimidita.

«Vi divertite?», domanda Benazir, e a Zayna la sua voce suona nuova, più profonda.

«E tu?» le chiede piuttosto Azeema. «Te ne stai sempre seduta qui».

«Come una regina», risponde Benazir, aggiustandole la

stola intorno alle spalle, quasi fosse un abbraccio. «Vedi? Io oggi sono al centro».

«Tu te lo ricordi Haleem?» le chiede Zayna in un sussurro.

«Sarà cresciuto anche lui».

«Da piccolo era noioso» ricorda Azeema.

«E io molto cattiva» ammette Benazir.

«Ma se poi non ti piace?» insiste Azeema.

Benazir si guarda le dita, che sono fiorite di henné e di spezie.

«Quella è una cosa che viene col tempo».

Eccolo, il suo segreto, pensa Zayna. Sua sorella ora è al centro, e persino il tempo dovrà accontentarla.

Ma ecco che torna la zia suocera.

«È ora, Benazir. Il tuo *groom* sta arrivando».

Oltre le porte del ristorante, infatti, c'è il giovane Haleem: aspetterà insieme ai parenti che questa notte passi. Ma gli sposi non devono vedersi fino a domani: fino a quando non saranno due persone nuove.

Benazir si alza, lenta come una sovrana. Non ha più sedici anni ma mille, agli occhi di Zayna. Azeema invece vorrebbe fermarla – per gioco, per dolore – ma la seta della sposa le scivola fra le mani come un mistero incomprensibile.

La zia suocera la accompagna all'altra porta, che dà sul giardino, mentre il sole tramonta nelle foglie. Da qui Benazir tornerà a casa per la sua ultima notte da ragazza.

«Speriamo che non faccia sogni» mormora Azeema, con una voce che non sembra neanche la sua.

Zayna guarda forte la sposa, come per richiamarla. Benazir non si volta.

La sua porta si chiude, l'altra si apre. Le famiglie si intrecciano.

Bepi

È stato nel 2001, a un anno dalla fine del mio matrimonio. Nel mezzo di tutta quella monotonia, la mia amica Carla mi telefona e mi fa: «Bepi! Ti devo presentare una mia amica romana».

«Solo se è una bella donna», credo di aver risposto, tanto ero annoiato.

Ci vediamo per un bicchiere (le cose migliori mi succedono davanti a un "taglio di vino", come diciamo a Udine), e lì Carla mi presenta Clarice Felli, imprenditrice e moglie di un costruttore friulano che abitava a Roma.

Abbiamo parlato un po', poi Clarice ha tirato fuori un ritaglio di giornale e lo ha posato accanto al mio bicchiere.

Il titolo diceva: *Ragazze senza volto*.

Devo averlo ancora, da qualche parte. Poche righe, un trafiletto; non c'era una foto, niente, solo una manciata di testo in mezzo a tante notizie più chiassose.

E del resto, chi se ne frega. Dico sul serio. Sono cose talmente lontane, talmente inconcepibili. Talmente fuori tempo. Anche quando accade da noi – e da noi accadeva eccome, lo sfregio d'onore: succedeva, e succede ancora – è una roba così assurda che sembra la fiaba di Barbablù. Una storia che si spegne dopo poco, come tutte le notizie: non mantiene una temperatura urgente. Figurarsi poi se capita in quell'altro lontanissimo continente. Inoltre, per una volta non è colpa nostra: di noi occidentali, intendo. Per una volta non abbiamo responsabilità occulte, traffici nascosti, interessi inconfessabili.

In questa storia, insomma, non c'è nessun interesse.

E però il trafiletto se ne stava lì, fra me e Clarice. Accanto a quel pezzo di carta, i nostri tagli di ottimo vino, il bar pieno di gente, la città, l'Occidente intero col suo rumore discreto, la sua buona educazione, la sua solida facciata. Tutte cose che apprezzo di più, adesso.

Ragazze senza volto.

«Altro che ragazze», ha detto Clarice: «sono delle bambine». Ed è vero: qui da noi non esiste più quel periodo dell'infanzia, quel passaggio; a tredici anni le nostre ragazzine sono un'altra cosa, sono già grandi. Laggiù, invece, quelle bambine hanno i nostri tredici anni di cinquant'anni fa; sono capaci di dire che i chirurghi sono "angeli venuti dal cielo".

Come si fa a dire così? Chi lo dice più, se non un bambino ingenuo, un bambino disperatamente piccolo?

Ma questo non lo sapevo ancora. Nel ritaglio di giornale c'era scritto solo il problema:

Ogni anno, centinaia di donne pakistane vengono sfregiate con l'acido. Spesso le vittime sono brutalizzate per futili motivi; non ricevono le cure necessarie, e molte di loro non sopravvivono. Le poche che ce la fanno, perdono il volto, la vista, il ruolo sociale...

«...e la dignità», ha aggiunto Clarice. E poi mi ha fatto la sua domanda.

Il trafiletto se ne stava lì, scomodo come una tentazione; eppure, avrei potuto ancora ignorarlo, sorvolare, proteggermi. Nessuno, a parte me, mi avrebbe rimproverato; la stessa Clarice – nonostante la sua domanda, appuntita sì, ma quasi buttata là, come per prova, o per il gusto della frase a effetto in una faccenda che a pensarci non lascia parole –, persino Clarice mi ha rassicurato che non se la sarebbe presa: avrebbe capito perfettamente, non sarei stato il primo né l'ultimo, ognuno ha le sue cose da fare, i suoi problemi; e poi, in fondo, è tutto così lontano, così *non nostro*.

E però si era aperta una feritoia, uno spiffero d'inferno.

"Angeli venuti dal cielo": che significa? Che quelle bambine sono ignoranti? Certo che lo sono, quasi tutte. Però queste parole non c'entrano niente con la cultura: c'entrano con una violenza di cui io non potevo avere idea. C'entrano con un'umanità per cui certe parole, che in Occidente suonano sfinite, significano di nuovo qualcosa; qualcosa che noi non possiamo più immaginare, che le nostre donne non possono concepire.

A quelle bambine viene tolto l'unico dono della natura, l'unico dono della vita – il loro volto, la loro bellezza – e coscientemente, in maniera premeditata. Con una violenza antica che ha raffinato un metodo diabolico.

E in un attimo, quelle bambine perdono tutto.

Io stesso, che pure l'ho visto, fatico tantissimo a capire. Le ho viste ma non ci arrivo, non mi posso mettere fino in fondo nei loro panni.

Posso fare quello che posso, ma rimango pur sempre nella mia pelle privilegiata.

«La mia domanda, caro Bepi, non è se ci stai. La domanda vera è: puoi non starci?».

Più tardi, questa storia mi ha fatto sentire una vita che pulsa, dentro la mia scorza occidentale. Forse perché mi è arrivata al momento giusto; forse perché ricominciare da zero è una cosa che mi riesce bene.

E forse quella sera non pensavo neanche troppo alle ragazze. Consideravo cose a me più vicine: la noia, mia moglie – la mia ex moglie. La chirurgia lucida, asettica, burocratica che mi sembrava di praticare. Ho pensato anche a mio figlio, e all'avventura.

Per un momento, ho pensato solo alle fiabe che avrei voluto raccontargli.

Quella sera ho aderito al progetto per un solo motivo: volevo costruirmi qualcosa di buono, qualcosa che fosse del tutto *mio* – ha senso, questo? Lo ha. Non si può aderire del tutto, altrimenti si impazzisce. Forse è solo l'egoismo che ti sostiene quando vedi certe cose e non le puoi capire, quando devi difendere te stesso perché anche quelle sono cose umane. Persino lo strazio, persino la violenza.

I bicchieri erano vuoti, e la cosa era decisa.

***

Quando sono sbarcato per la prima volta in Pakistan, ho ricominciato a vivere.

L'associazione di Clarice si chiamava *Smileagain*: "sorridi di nuovo", "sorridimi ancora". Un nome che promette, più che condannare. Che riassume la sfida più impegnativa: portare le ragazze oltre il loro trauma, e coltivare il sorriso prima di tutto dentro di loro.

I primi viaggi esplorativi in Pakistan ci sono serviti a stabilire contatti. Clarice aveva coinvolto alcuni chirurghi romani e Masarrat Misbah, un'imprenditrice pakistana nel campo dell'estetica che doveva curare i nostri rapporti con i poteri locali. Cercavamo persone che condividessero il nostro pensiero e appoggiassero i nostri obiettivi.

Detto altrimenti, cercavamo persone che ci proteggessero.

Perché il nostro scopo non era tanto quello di operare le vittime di acidificazione, risolvendo le emergenze più immediate. Certo, innanzitutto quello. Ma noi volevamo cambiare le cose, avviare una rivoluzione di mentalità, e quindi, come sempre accade in ogni iniziativa umanitaria, volevamo proporre qualcosa che non credevamo di trovare, esportare un nostro modo di essere e di fare, e intervenire in uno stato di fatto che non sentivamo al passo col nostro. (E quanto invece siamo vicini, noi e il Pakistan: la loro voglia di modernità e la nostra tentazione di violenza).

Masarrat quindi non doveva solo farci conoscere: doveva farci accettare dal potere dell'epoca, perché potessimo agire indisturbati e lavorare tranquillamente. Così ci ha presentati ai ricchi, all'élite di Lahore, che è un po' come la Milano del Pakistan e un po' come i salotti romani: la sede delle persone giuste, il centro culturale in cui si muovono l'intellighenzia, l'ideologia e la politica. Ci ha introdotti al ministro della salute e a quello della cultura; ci ha portati persino da Musharraf, nel suo ospedale militare, alla presenza di tutti i suoi generali, perché ci ammettessero nel Paese, e perché chi contava ci appoggiasse.

Molti intellettuali pakistani hanno scritto di noi, ci hanno sostenuto fin da subito; ma la risonanza della stampa ha la stessa aspettativa di vita in tutti i Paesi: bisognava rintuzzare di continuo il discorso. Il secondo viaggio, perciò, ci è servito a capire chi poteva aiutarci veramente e chi invece era inutile alla nostra causa. Perché loro – come del resto noi qui – fanno la loro vita, sono pieni delle loro cose. Come dire: anche lì hanno i loro problemi, che fanno sembrare tutto lontano, tutto *non loro*.

Nessuno mi ha fatto una buona impressione. Non ce n'è stato uno, di quelli che ci hanno accolto a braccia aperte, che poi non sia stato denunciato, o che non abbia un figlio che vende droga, specialmente cocaina. La droga lì è il motore occulto dell'economia fin dai tempi dei russi e degli americani. Girano soldi veri. Il sottosuolo tra Afghanistan, Pakistan e Kashmir, lì dove persiste un perenne stato di guerriglia, è ricco di petrolio, diamanti, carbone. Su questo, ognuno ha teso le sue manine, e la confusione serve a mascherare affari loschi a livello internazionale.

La ricchezza ha gli stessi sintomi dappertutto: Milano, Roma, Lahore. Sono stato ospitato dall'alta borghesia infelice, a casa di donne privilegiate e spesso strafatte. Ne ricordo una in particolare, bellissima, con questo sguardo ingrigito dalla droga; mentre noi discutevamo i nostri progetti con suo marito, lei è rimasta dalle otto di mattina alle quattro di pomeriggio a farsi scattare decine di foto tutte uguali, tutte perfette, che però non le piacevano mai. Probabilmente non si vedeva più, non si riconosceva più.

E poi, bevono tutti – ovviamente di nascosto, perché la religione glielo vieta. Perciò, questi ricchi vanno al ristorante con la bottiglia di vino cileno sotto il cappotto, la nascondono sotto al tavolo, fanno un cenno convenuto al cameriere che si china a raccoglierla e la porta via nel tovagliolo; poi, in cucina, ne versa il contenuto in una brocca di terracotta, perché non si veda che contiene vino, e la riporta a tavola.

Lo fanno tutti.

Del Pakistan, nel corso dei miei viaggi, ho potuto vedere tante facce. Lo splendore freddo di Islamabad, la sede del regime; il fervore economico di Lahore, che aspira all'Occidente; la folla brulicante di Karachi, dove esplodono i contrasti politici; Multan variopinta e pericolosa, la città più antica del mondo secondo i pakistani. E poi, le campagne più remote: i feudi dei miliardari, dove nascono, vivono, subiscono e muoiono delle moltitudini di contadini poveri.

In Pakistan, i servizi segreti funzionano benissimo: c'è molta polizia in borghese, oltre a quella in uniforme. Fin dal primo viaggio siamo stati identificati e forniti di un lasciapassare per il Paese, oltre che di una scorta ufficiale e di una in incognito. Godevamo del massimo della sicurezza; non è che andassimo in giro a passeggiare, ma volendo potevamo muoverci senza correre rischi.

E lì mi è successa una cosa che mi ha fatto pensare.

Avevamo esaurito i nostri appuntamenti, era arrivato il momento di tornare in Italia; ci eravamo presi un'oretta per fare qualche acquisto nella zona del mercato. I pakistani producono dei manufatti meravigliosi, dei tessuti stupendi, delle suppellettili splendide. Per me, ovviamente, dei bellissimi souvenir: nient'altro che oggettini ricordo. Entro in questo negozietto colorato, pago le mie compere ma, proprio mentre sto per uscire, vedo su uno scaffale un ninnolo delizioso. Penso subito a mio figlio e me ne innamoro. Ma ormai ho esaurito tutte le rupie; tra poco ho il volo per l'Italia, non vale la pena di cambiare altri euro, e ovviamente la botteguccia non accetta carte di credito.

Con me c'era la guardia del corpo che mi avevano assegnato: un ragazzone altissimo, con un solo dente e una pistola enorme infilata nella cintura, dietro la schiena. Non sapeva una parola di inglese. Quelli come lui non percepiscono uno stipendio: sono pagati con vitto e alloggio, e al massimo arrotondano con qualche mancia concessa dai clienti che proteggono.

Bene: questo ragazzone si accorge che sto per lasciare lì quell'oggettino; allora mi ferma, tira fuori le poche rupie che gli avevo dato il giorno prima, e fa il gesto di regalarmele.

Io appartengo a un mondo in cui la soluzione più facile è dare dei soldi. Lo facciamo con un figlio quando la vita ci tiene lontani, e in effetti è un modo efficace di accudirli: «Ti garantisco questo, ti regalo quello...». Solo che un figlio non vuole questo: vuole te, vuole stare vicino a te; vuole del tempo con te. Lo facciamo con i poveri, quando realizziamo di essere più fortunati, ed è certo un modo immediato di aiutarli: «Ti do questo, ti concedo quello...».

Purché tu mi lasci in pace.

Diamo dei soldi e ci sentiamo meglio.

Cos'è questa, elemosina, carità? Se così fosse, li prenderemmo e ce li porteremmo a casa, i nostri poveri come i nostri figli. Ma la verità è che siamo avari di tempo, e quello sì che costa. Allora facciamo gli umanitari, per fare del bene in poco tempo e sentirci a posto con la coscienza.

Queste cose io le ho percepite per la prima volta in Pakistan. Quando racconto la storia del souvenir, tutti capiscono il valore che aveva per me quel ricordino, quell'attimo di importanza irrinunciabile che vive un oggetto superfluo, il dispiacere che proviamo quando dobbiamo privarcene. Quello che non capisce nessuno – e io per primo – è il gesto di quel ragazzone: se lo misuro con il mio metro, non arrivo a spiegarmelo. La povertà: cosa significa per noi? Non arrivare a fine mese, dormire sotto i ponti, mendicare qualche moneta; arrivare a sera avendo comunque molto più del povero che vive laggiù. Lì, uno che non ha niente non ha *niente*, e sa perfettamente cosa comporta. Ecco: uno come quel ragazzo, che mi mette a disposizione la sua incolumità in cambio di un letto e di due pasti, un giorno viene da me e si priva di quelle poche mance: rinuncia all'unica rendita che ha per fare un regalo a me, un occidentale pieno di soldi, a me, che non ho affatto bisogno di quella roba.

Ecco, quel ragazzo per me è un benefattore.

Assurdo, esagerato, inspiegabile. Io non farei mai una cosa del genere. Non ci riuscirei.

Io, con la mia pelle privilegiata, il mio conto in banca e la mia collezione di souvenir, al massimo posso fare quello che faccio con *Smileagain*, che però – e questo è un'altra cosa che ho capito dopo, e non prima di partire – è qualcosa che non mi priva, ma che piuttosto mi *dà*.

E mi chiedo spesso se non lo faccio solo per mettermi la coscienza a posto, dopo un garbato sussulto di indignazione.

Quella in cui precipitano le ragazze acidificate, poi, è una povertà totale. Una miseria interiore ed esteriore completa. Di colpo sono svuotate, e si suicidano con sollievo. Cosa gli è rimasto? Se prima erano già isolate, in quanto donne, dopo lo sfregio sono escluse, allontanate, abbandonate. Non hanno nessuna speranza; non solo nessun domani, ma neanche uno straccio di oggi. Sono zero.

Nemmeno i cani randagi.

Dopo i primi due viaggi in Pakistan, sapevo a grandi linee quello che dovevo aspettarmi. Ma poi, un giorno che dovevo andare all'aeroporto, sono rimasto bloccato sulla porta, con la mano sulla maniglia, senza poter uscire.

Quel giorno arrivava Nasreen, la prima ragazza che ho curato dall'acido.

Zayna

Le pietre non finiscono mai. Il tavolo ne è ricoperto, come da un velo di pioggia e sole.

Ogni giorno, la mamma e le gemelle siedono al tavolo e preparano i gioielli che lo zio Hasan vende in un mercato di Lahore. Fatima, a capotavola, con la luce che le bagna i capelli da sinistra, piega i metalli perché abbraccino le gemme. Accanto a lei, come due ali, le sue figlie più giovani: Zayna è brava ad accostare i colori, a indovinare quali pietre, tra quelle disperse a macchie sulla tavola, possono stare vicine come sorelle; Azeema invece sa inventare forme che non c'erano. Quando non riesce a spiegare a sua madre quello che ha in mente, ne fa uno schizzo rapido su un quaderno: e bastano pochi tratti di matita perché la madre capisca l'idea della figlia e la trasformi in ricami d'argento e lapislazzuli.

Zayna sfoglia spesso il quaderno della sorella. È come una poesia in un alfabeto che non si decifra, perché è già noto, imparato prima di nascere. Una lingua di leggerezza e contorni sinuosi, di intuizioni da indossare intorno ai polsi. Una volta Zayna ha tolto un foglio dal quaderno di Azeema – un foglio bianco – e, di nascosto, ha disegnato un solo bracciale. Lo migliora ogni sera, con qualche tratto nuovo o, più spesso, cancellando i segni dei giorni passati. Il disegno sta crescendo con lei, ma la ragazzina non lo ha ancora mostrato a nessuno: nemmeno ad Azeema.

Ha deciso che indosserà quel bracciale il giorno del suo matrimonio.

Azeema invece non ci pensa mai, alle sue nozze. Lei è la gemella a cui le cose riescono facili, quella che trova il modo di farsi capire, di parlare anche a nome di Zayna; quella che durante i giochi ha il potere di difenderla o di umiliarla. Vorrebbe andare in città – dove vive la sorella Benazir, novella sposa – per imparare da un orafo a lavorare i metalli. Ma il discorso, ufficialmente, non è stato affrontato. Solo la madre sa di questo desiderio, che era anche il suo prima che si sposasse. Guarda Azeema inseguire un'idea sul suo taccuino, con foga devota e ostinata, e poi si volta verso Zayna, quasi solenne nella sua serenità, china su tutti quei colori di pietra come su tante piccole scelte congelate.

A fine giornata, il canestro ai piedi del tavolo è colmo di gioie. Lo zio Hasan torna dal mercato e semina sul tavolo le pietre che l'indomani germoglieranno tra le dita delle tre artigiane. I gioielli si vendono bene, perché sono ben fatti e perché lo zio Hasan sa come convincere i turisti: gli legge addosso certi colori e glieli presenta davanti, in forma di pietre annodate. E, qualche volta, a quelli che parlano urdu, racconta una leggenda che ha inventato lì per lì.

La sera, più o meno all'ora dello zio Hasan, torna a casa anche il padre delle gemelle, Mohammad. Ha un pezzo di terra, non lontano dal villaggio, che coltiva a girasoli insieme al cugino giovane, quello con il collo da ragazza. Negli ultimi tempi, il cugino si ferma spesso a cena; siede sempre accanto a Mohammad, parla solo con lui e quando lo zio Hasan gli chiede qualcosa, non ha mai molto da dire. Quando non è costretto a parlare, il suo sguardo cerca Azeema; lei se ne accorge ma all'inizio non capisce, perciò non abbassa gli occhi. È Zayna che, una sera, percepisce quello sguardo come se si strofinasse sul suo stesso corpo; allora pizzica la gemella su una coscia, per costringerla a girarsi e guardare altrove.

Dopo la cena, dalla cucina, Zayna sente che il cugino si congeda; si nasconde per guardarlo andar via, lo scopre a indugiare da solo presso il tavolo delle pietre e lo vede mettersi una mano in tasca prima di uscire.

Sul tavolo, tra le pietre rosse, rimane un piccolo buco.

***

Una sera, Azeema e Zayna escono di casa. La giornata è stata caldissima, e sul finire del sole si è alzato un sospiro di brezza che non ha la forza di entrare nelle stanze. Così le ragazzine escono ad aspettare gli uomini di casa di ritorno dal lavoro, e a cercare respiri più ampi.

Zayna è seduta sul muretto, mentre Azeema gioca a due passi avanti e uno indietro in direzione della città.

«Davvero vuoi andarci?» chiede Zayna all'improvviso.

Azeema non risponde subito.

«Tu no, vero?».

Zayna direbbe che andrà sempre dove va lei, ma sa che non ce n'è bisogno.

«E papà?».

«Forse mamma lo convince».

Zayna alza le spalle. Sua madre non gli ha ancora detto nulla. L'avrebbero capito; e invece lo sguardo del padre è ancora libero, specie da quando la figlia maggiore si è sistemata.

«C'è solo un modo» dice allora Zayna, perché il matrimonio è buon un argomento per dissuadere la gemella.

«Lo so», risponde pronta Azeema, che però non indovina, perché non ci pensa ancora, alle sue nozze: «C'è Benazir, a Lahore».

Lo sguardo di Zayna si fa più lontano, oltre la spalla della sorella. Laggiù, tra la polvere che viene dai campi, camminano due uomini; hanno i capelli riarsi, le braccia lunghe di stanchezza e le stesse chiazze di sudore sui vestiti. Sembrano fratelli, ora che la polvere gli appiana l'età sulla pelle delle fronti.

Le gemelle si raccolgono contro il muretto, colorate e avvinte come i petali di un boccio. I due uomini si avvicinano, si fermano sul vialetto di casa, si scambiano i cenni convenuti dalla consuetudine: il primo e l'ultimo spettano sempre al più anziano.

«Allora a domattina» dice il padre delle gemelle al cugino, chiudendo quel discorso senza parole.

Zayna intuisce un invito a cena e il diniego gentile, atteso, dovuto – perché il cugino si è già fermato due sere fa. I due si separano, Mohammad si avvia verso la casa ma prima guarda le figlie con occhi che significano. Zayna obbedisce e fa per seguirlo.

«Io aspetto lo zio» dice invece Azeema, lo sguardo lontano, oltre il cugino, verso la città.

Allora il padre guarda di nuovo Zayna, che annuisce e raggiunge la sorella; poi Mohammad entra in casa lasciando la porta spalancata.

Il cugino, intanto, si sta allontanando. Trascina i piedi sullo sterrato, e l'indolenza gli alza ai polpacci una nuvola d'oro. Ma la brezza è caduta, e la polvere si posa subito. Poi, anche i suoi passi finiscono: rimane per un po' contro il crepuscolo, a guardarsi l'ombra che si allunga verso Lahore.

Azeema, che saltellava in quella direzione, si ferma. Il cugino si volta, la guarda, la punta.

Le nasconde la strada verso la città.

Bloccato a qualche passo di distanza, il ragazzo si massaggia il palmo di una mano con il pollice dell'altra. Poi si ricorda di sorridere, e svela uno spazio tra i denti davanti, come quello che ha lo zio Hasan.

Azeema riprende a saltellare, quasi sul posto, quasi ostinata. Il cugino si avvicina.

«Ho parlato con tuo padre».

Ha una voce bruna che vibra un po'.

«Che novità» mormora Azeema, e poi, con più coraggio: «Ci parli tutti i giorni, al campo».

Zayna si ritrae contro il muretto. Benazir rispondeva così, quando giocava contro Haleem da bambina. Ora non più.

«Non vuoi sapere cosa gli ho chiesto?».

Azeema sta per canzonarlo, ma poi non lo fa; piuttosto si volta per saltellare via.

Allora lui la ferma per un polso.

«Una moglie non sfugge così».

In quel momento, qualcosa finisce. Inchiodata contro il muretto, spettatrice di sale e polvere, Zayna la sente con la carne, più che con le orecchie: quella stretta, quella frase.

E Azeema ha due occhi di vetro.

«Io non sono una moglie» mormora, pianissimo. È smarrita, perché si sente le guance calde e una voce, in bocca, che non si riconosce.

Il cugino la fa voltare, lentamente; non stringe, eppure ci riesce.

«E... lui?» tenta Azeema; e anche se la ragazzina è di colpo rigida, e non è sicura che il suo corpo le abbia risposto, intendeva accennare verso la casa, verso suo padre.

Non sono quelle le parole giuste, Zayna lo sente. Ma se nemmeno Azeema le ha trovate, lei non saprebbe difendersi meglio.

Il cugino si guarda intorno e raddoppia la presa sull'altro braccio. Sono due strette calde: potrebbero essere più dolci, ma anche più sicure.

«Ne parlerà in famiglia», ammette infine.

Ad Azeema, quello basta per raddrizzarsi. Quando è stato di Benazir, non c'è stato bisogno di parlarne: si vede che la proposta di Haleem era più giusta.

Azeema si divincola e Zayna si scioglie dal muretto. Raggiunge la sorella e le mette le mani proprio dov'erano le dita del cugino.

E si chiede, forse, in fondo al diaframma, com'è stata quella sensazione.

«Vedrai...» comincia il cugino, poi decide che basta così.

Azeema non dice più nulla, ma gli guarda le dita brune, e le unghie sporche di terra.

È una cosa che a un padre si perdona, ma a un marito no.

Perciò, Azeema scuote la testa.

Il cugino, sorpreso, segue lo sguardo di lei: si vede le unghie, se le nasconde in tasca e ci trova il sassolino rosso che ha sottratto dal tavolo di Azeema. Quando rialza lo sguardo, le gemelle sono già rientrate in casa.

E gli occhi, di colpo, gli diventano come due pietre.

La missione

Bepi

Quel giorno, dal Pakistan, doveva arrivare Nasreen.

Di comune accordo con Masarrat, l'avevamo scelta insieme a Mappara tra le ragazze soccorse da *Smileagain*, per iniziare con gli interventi chirurgici all'Ospedale di Udine.

Delle due, Mappara era la meno grave. Aveva visto sulla pelle delle altre quello che aveva rischiato, salvandosi, e forse per questo era più vivace, più disponibile; inoltre, parlava un po' di inglese, e questo la aiutava a farsi aiutare.

Ma Nasreen.

Quel giorno, sulla porta di casa, ho chiamato Daniela e le ho chiesto di andare a prenderla al posto mio.

Ci conoscevamo da anni, con Daniela Fasani, perché siamo entrambi di Udine. Le avevo raccontato del Pakistan e delle ragazze sfigurate; e sulle prime lei aveva reagito come tanti, com'è normale: faticando a capire, collocando quella pratica in un mondo distante anni luce dal nostro.

Ma il problema di Daniela è che ha troppo cuore.

Mi serviva una mano per le faccende burocratiche dell'associazione, e le ho proposto di aiutarmi. In quindici anni, lei non ha mai smesso di farlo, in ogni modo possibile. Perciò, quando quel giorno l'ho chiamata, inchiodato sull'uscio di casa, Daniela si è messa in macchina ed è andata all'aeroporto.

Nasreen è scesa dall'aereo al braccio di una hostess. Aveva il viso coperto dal velo e da un paio di grandi occhiali scuri. Senza troppe parole, l'hostess ha affidato a Daniela la mano di Nasreen: una piccola mano dalla pelle di velluto.

Nella sua vita di prima la chiamavano Mano, che in urdu vuol dire gatto, per via dei suoi occhi verdi e perfetti. Ma poi, quando aveva quindici anni, un uomo che di anni ne aveva il doppio ha deciso che voleva sposarla: e Nasreen ha osato dire di no.

Quando sono arrivato all'ospedale e l'ho vista, raggomitolata sul letto, con la testa come quella di un manichino, con tutte quelle cicatrici e gli occhi chiusi contro la sua volontà, mi sono venute di quelle idee, sull'uomo che l'aveva aggredita, che non pensavo di poter concepire. Gli avrei fatto di tutto.

Non c'era modo di comunicare con Nasreen. Parlava solo urdu, e comunque non aveva voglia di dire niente. Mentre erano ricoverate insieme, Mappara le faceva da interprete; ma quando l'altra ragazza è tornata in Pakistan, Nasreen si è rinchiusa dentro di sé, rannicchiata in posizione fetale, con gli auricolari del walkman perennemente accesi per sentire sempre la stessa musica, sempre la stessa canzone.

Allora, visto che l'inglese era inutile, ho cominciato a parlarle in italiano. Ho iniziato dal mio nome, pronunciandolo lentamente vicino al suo; poi le ho spiegato le parole che avrebbe sentito più spesso: ospedale, infermiera, chirurgia. Le parole della sua nuova vita: dolore, intervento, cicatrice.

Ha imparato subito.

Aveva detto un no, ed era stata punita.

Mesi dopo il suo ricovero, sono stato a casa di Nasreen. È stato uno dei primi viaggi nella vera realtà pakistana, nelle campagne isolate, lontano dagli sfarzi di Lahore. La famiglia di Nasreen vive in un villaggio di poche case a più di un'ora e mezza dalla città. Ho mangiato qualcosa con il padre, la madre, lo zio e il fratello. La loro casa è fatta di fango e feci secche; possiedono una mucca e coltivano la terra.

La notte in cui è successo il fatto, faceva un gran caldo. Nasreen dormiva all'aperto, su una brandina aperta nello spiazzo davanti alla casa. L'uomo che lei aveva rifiutato ha raggiunto la casa di Nasreen, nascosto dal buio, insieme a uno zio e a una sorella; poi ha scavalcato il basso muretto di cinta, si è chinato su Nasreen, l'ha maledetta sottovoce e le ha tirato l'acido sul viso. Lei si è svegliata di soprassalto, sentendosi sulla pelle il liquido freddo.

Si è svegliata, e ha aperto gli occhi.

Ora, l'acido è una sostanza incolore, indolore e, lì per lì, dà sulla pelle una sensazione di fresco. Quando ti colpisce da sveglio, l'istinto di proteggerti gli occhi e l'intervento immediato con l'acqua ti possono salvare dalle conseguenze peggiori. Ma Nasreen stava dormendo; e l'acqua, nelle campagne più remote del Pakistan, non è sempre disponibile.

Queste ragazze sanno dell'acido, certo; ma non si aspettano che una cosa del genere possa capitare a loro. Che possa capitare davvero. Perché non è detto che l'aggressore abbia ronzato a lungo intorno a loro, prima di decidersi a punirle: l'acidificazione non è l'atto finale di un lungo percorso di stalking. No, sulle prime queste ragazze pensano che sia uno scherzo – a quattordici, tredici anni non puoi pensare ad altro che a uno scherzo. Lo capiscono dopo, che è stata una violenza: ma intanto il tempo passa, e nell'arco di poche ore, se non viene neutralizzato con l'acqua o una soluzione basica, l'acido invade i tessuti, penetra nelle cellule, si mangia la pelle dalla superficie fino in profondità, provocando ustioni che possono distruggere gli occhi, come è accaduto a Nasreen.

Tre adulti contro una ragazzina addormentata.

Succede quasi sempre così: gli aggressori agiscono in gruppo. Mi sono chiesto perché; e sarebbe bello pensare che abbiano bisogno di farsi forza a vicenda: vorrebbe dire che sentono di commettere un'azione ingiusta, un atto sbagliato. E invece, semplicemente, il rifiuto si deve punire; nessuno se ne meraviglia, nessuno si oppone. Anzi: di fronte a un rifiuto della ragazza si trovano tutti d'accordo, persino la famiglia di lei, perfino le donne; tutti difendono compatti l'onore del maschio, vendicano insieme l'orgoglio ferito. Magari l'aggressore corrompe la polizia; il costume e la mentalità, poi, fanno il resto.

E, in un secondo, la ragazza perde tutto: possibilità di matrimonio (il massimo a cui poteva aspirare), ruolo sociale, identità. Diventa una persona non identificata, una scomparsa. Cancellato il volto, cancellata la persona.

Eppure, *viva*: perché?

Non per uno scrupolo morale, o per la paura della pena: il delitto d'onore – come da noi fino a poco tempo fa – non sempre viene punito. No, la vittima resta viva per un solo motivo: perché tutti sappiano, e perché non accada più. Ecco perché è importante che l'acido non la uccida: la donna viene marchiata, mostrificata e lasciata in vita come monito per tutte le altre.

Le vittime, dopo, si sentono in colpa. Hanno osato, hanno sbagliato, e dopo la punizione sono un peso per le loro famiglie. L'unica consolazione di Nasreen (la consolazione al suo rimorso, più che alla sua nuova, tragica condizione) è stato il risarcimento: una somma pari a duecento euro che l'aggressore ha pagato alla famiglia della ragazzina perché non lo denunciasse. Del resto, la denuncia non sarebbe servita a molto, a quell'epoca: Nasreen avrebbe dovuto portare in suo sostegno quattro testimoni maschi e di acclarata fede musulmana, tutti estranei alla cerchia famigliare, per sperare di essere ascoltata. Impossibile. Per l'aggressore, la denuncia sarebbe stata un piccolo guaio, un fastidio, una seccatura, non di più. Quindi, quei duecento euro sono stati perfino un gesto magnanimo, una benedizione. *Duecento euro*: per una famiglia povera delle campagne pakistane, è stato quasi come un dono.

È stato quasi come una dote.

All'Ospedale di Udine, seduto accanto a questa ragazzina accartocciata e muta, ho cercato di puntare sulle cose che le interessavano.

Uno dei suoi occhi era secco, bruciato senza rimedio; l'altro, però, dava ancora segni di vita, e lei voleva tornare a vedere. L'ho agganciata così, e lei si è girata ad ascoltarmi.

Insieme a un bravo oculista di Roma, il dottor Migliorati, abbiamo innestato un tessuto in grado di simulare la produzione cellulare all'interno del globo oculare, per provare a ricostruire la retina. Il tentativo, purtroppo, è stato vano. Ma, almeno, io e Nasreen siamo riusciti a parlare.

Il senso che prevaleva in lei, ormai, era il tatto. La ragazzina si toccava il viso, si sentiva la pelle coperta di cicatrici, e smetteva di parlare per giorni. Come spesso accade a queste ragazze, non era stata curata tempestivamente dopo l'aggressione, e la pelle si era riformata senza controllo. L'abbiamo sottoposta a sedici interventi sul viso e sul collo, inserendo degli espansori nella cute senza cicatrici per ampliare la pelle e generare tessuto sufficiente da innestare nelle parti corrose dall'acido.

Sedici interventi.

Andavo a visitarla tra un'operazione e l'altra e le dicevo: «Toccati il viso, Nasreen: senti com'è liscia la tua guancia, adesso?». E lei, piano piano, si è ricordata come si sorride.

Quando è arrivata a Udine, sotto il velo non aveva più capelli. Dopo molti mesi e molte operazioni, quando ormai Nasreen aveva imparato anche il friulano, Daniela andava a trovarla in ospedale e la ragazza le parlava del Pakistan, della famiglia che le mancava, dei futuri interventi. Ogni tanto, Nasreen accarezzava i capelli di Daniela e si ricordava dei suoi, che erano lunghi, lisci e lucenti, perché lei li curava con unguenti e balsami. Credo che un po' di felicità l'abbia provata di nuovo il giorno che si è addormentata con i suoi nuovi capelli sparsi sul cuscino, e una ciocca attorcigliata intorno alle dita.

Nasreen è rimasta a Udine per tre anni. Tra un'operazione e l'altra, è stata ricoverata a Villa Masieri, una dimora del Settecento che ospita persone non vedenti, soprattutto anziani, che l'hanno più che accolta: l'hanno praticamente adottata.

E quando ormai si sentiva meglio, e cominciava a convincersi che la violenza di cui era vittima non solo non era colpa sua, ma era una cosa mostruosa e ingiusta, Nasreen ha trovato la forza di parlare di sé.

«Io non la voglio, la vostra compassione» mi ha detto una volta, con la voce seria e ferma. «È difficile non avere gli occhi, ma io ho il cuore, e il mio cuore vuole che io impari a fare le cose da sola per non dipendere sempre dagli altri. Io voglio darmi da fare. Voglio lavorare e rendermi utile. Mi piace il lavoro, mi piace imparare a leggere e a scrivere. Anche a me» ha aggiunto «possono piacere queste cose».

Allora le abbiamo proposto di raccontare la sua storia, e lei ha accettato di apparire in TV. Nel 2006, in un solo giorno, l'ho portata a Milano e poi a Roma per due diverse trasmissioni (e non è stato per niente facile, per Nasreen; dovevo tirarmela dietro, lei si aggrappava a me e camminava piano piano): Paola Perego l'ha intervistata a *Verissimo* e Giancarlo Magalli a *Piazza Grande*. In sovrimpressione passava il numero di Daniela, per informazioni e adesioni al progetto di *Smileagain*.

È arrivata subito una valanga di telefonate, di messaggi. Ma, in mezzo alla solidarietà di tante persone, abbiamo ricevuto uno strano messaggio.

TIRALA FUORI. DOVE L'HAI NASCOSTA?

Zayna

Quella sera, dopo che il cugino si è allontanato nella polvere, Zayna si solleva sul gomito e controlla se Azeema, distesa accanto a lei, si è già addormentata.

Si sono sempre capite in silenzio, lei e la sua gemella, nonostante siano più diverse di quanto gli altri, da fuori, possano pensare. Nel segreto del loro legame, Azeema e Zayna sorvegliano le frontiere sottili fra i loro caratteri, fra i loro pensieri, fra le loro superfici così omogenee, pur pronte in ogni momento a oltrepassare le dogane e ad abbracciarsi strette: per sconfinare nella forza dell'una – come quando Haleem ha chiesto la mano di Benazir, e Zayna ha perso per giorni l'appetito – o nella dolcezza dell'altra – come dopo la festa di nozze, quando Azeema ha pianto fino al sorgere del sole.

Ma quella notte tutte le frontiere sono chiuse, e la piccola Zayna fatica a prendere sonno. Ascolta il respiro lento di sua sorella chiedendosi come possa l'aria attraversarla come prima, ora che un uomo sta pensando di fare di lei una donna. Ora che un uomo la sta immaginando vestita di rosso, misteriosa e bellissima nel suo velo di profumo.

Ora che un altro prenderà il posto di Zayna dentro la sua pelle.

Zayna avvicina le dita al viso di Azeema, per scostarle una ciocca di capelli che le sfiora la punta del naso. Ma la sorella non se ne accorge; sotto le sue palpebre si agita un sogno complesso. Qualcosa sta succedendo dietro la sua fronte, e Zayna ne è esclusa. Allora, per tornare a inoltrarsi nei propri confini, la ragazzina si volta, solleva un lembo del materasso e tira fuori il disegno del suo bracciale: il foglio riluce debolmente al chiarore che proviene dalla cucina, oltre la tenda che ritaglia un piccolo spazio per la notte delle gemelle. Ma se anche non ci fosse quella luce, a Zayna basterebbe sentire con le dita il solco sottile della matita sul foglio, la granulosità degli errori risolti, la ruvidità dei ripensamenti, per ricordare con esattezza i contorni del suo progetto.

Il bisogno di spiegare il disegno e di accarezzarlo, di lisciarselo sotto i polpastrelli, è più forte che mai. Forse perché quella è una cosa solo sua, così come quello che sta accadendo ad Azeema appartiene solo ad Azeema. Eppure Zayna non sa bene perché, ma mentre sfiora a memoria il bracciale sopra al foglio, non riesce a non pensare al collo da fanciulla del cugino, alle sue dita forti intorno a due braccia di ragazzina, al suo sguardo padrone eppure supplice mentre pronuncia la parola "moglie".

Chissà com'è, si chiede Zayna, sentirsi dire quella parola. E sospetta che potrebbe anche essere una cosa bella, in fondo; una cosa preziosa. Non riesce a togliersi dalla testa quel pegno di pietra che il ragazzo si è preso di nascosto, ma – realizza a un tratto Zayna – dal lato del tavolo a cui ogni giorno siede lei.

Lei, e non Azeema.

Per giorni, però, il cugino non si fa vedere: forse perché la pioggia cade copiosa, e i girasoli al campo di Mohammad grondano rigogliosi sotto l'acqua abbondante. E se il padre delle gemelle non può andare al campo, il cugino non può venire a cena.

Passano i giorni, passano le pietre sul tavolo delle artigiane. La pioggia finisce per evaporare dai davanzali, e anche gli attriti segreti in fondo al cuore di Zayna si asciugano senza aloni, perché Azeema è per lei come la sua stessa pelle, e non si può avercela a lungo con la propria pelle, specie se il rancore ha un'origine imprecisa, estranea.

Così, il giorno che il cugino ricompare, il singhiozzo che Zayna sente nel petto è ancora più inatteso, come quando si cammina sovrappensiero e il piede finisce in una piaga della terra.

C'è un vento caldo, malato, che insegue le due ragazzine mandate a comprare le uova e le indora di polvere fine, invadente. Contro quel vento, le gemelle si sono coperte il volto con due veli colorati, anche se per nessuna di loro è ancora tempo, per nessuna delle due è ancora dovere.

In fondo alla strada, in mezzo alla polvere, compare il cugino. Sembra stupito di vederle – come se non si aspettasse di incontrarle tanto presto, o che fossero loro ad andargli incontro. O forse, che portassero entrambe il velo.

Che siano proprio loro due, però, è sicuro. Si capisce dall'ombra identica che tracciano sulla polvere, e dal modo così intimo che hanno di camminare vicine, quasi l'una dentro i passi dell'altra.

Il cugino ha gli occhi arrossati dal vento, le mani dietro la schiena e una strana, insolita voglia di parlare.

«Che vento, eh?».

Silenzio. Del resto, non era una vera domanda.

«Dove andate da sole?».

Azeema non risponde per sfrontatezza, Zayna per pudore. O forse, ognuna ha lasciato all'altra il compito di farlo.

«Vi accompagno».

Camminano per un po', tutti in silenzio, il cugino due passi indietro. Zayna un paio di volte è tentata di girarsi, ma Azeema la arpiona con il gomito e la stringe a sé.

Ed ecco Sabira, la donna che vende le uova, tra gli stipiti della porta di casa sua. Le ragazzine si chinano intorno al suo cesto, mentre il cugino si tiene a distanza ma non lontano, come una guardia del corpo. Poi ripartono tutti e tre verso la casa delle gemelle, con il vento che li frusta senza coerenza e il pacchetto delle uova tra le mani di Azeema. Le ragazzine si stringono il velo intorno al viso, gli occhi socchiusi rivolti a terra, tra i mulinelli dorati che grattano la strada.

Quando da lontano ormai si vede la casa, il cugino le sorpassa e si ferma davanti a loro.

«Aspetta» dice, come se non fossero due.

E però le guarda entrambe, ora l'una ora l'altra. A vederle così, sotto i veli, le gemelle sembrano identiche, irriconoscibili. Indistinguibili.

Scopritevi, vorrebbe dire il cugino, ma non si può. Non gli resta che farle parlare.

«Stasera verrò da tuo padre».

Azeema ha un brivido che subito si contagia al braccio di Zayna e diventa tremore. Vorrebbe andare via, ma la sorella la trattiene.

«Prima, però, te lo chiedo di nuovo».

Il cugino non osa avvicinarsi. Tiene sempre le mani dietro la schiena; lo fa, pensa Zayna, per nascondere le unghie nere: ha capito che ad Azeema non piacciono.

Eppure, il cugino non ha ancora detto il suo nome. Così, Zayna può chiudere gli occhi, e aspettare per sé quella proposta.

Ed ecco che il cugino la dice di nuovo: la parola "moglie". Senza il punto di domanda, come una speranza, un sogno realizzato, una ragione sensata. Come la cosa migliore per tutti.

Silenzio. Zayna se la trattiene ancora per sé, quella parola, poi riapre gli occhi.

«Cosa rispondi?» chiede il cugino, e questa volta sì, col punto di domanda. È tutto proteso in avanti, in attesa. Sta guardando quella che pensa sia la gemella giusta, quella che ride spesso e ha gli occhi che non fuggono, grandi e neri e pieni di futuro. La gemella che siede al lato del tavolo da cui lui ha preso la pietruzza: la tiene in tasca da quella sera, come un amuleto di felicità.

Sta guardando Zayna.

Ma il silenzio insiste, e il cugino si irrigidisce, come sotto la pronuncia di un giudizio severo, o di un ordine che forse non vuole eseguire.

«Sì?» suggerisce, con un filo di voce.

E di colpo sembra un bambino. Zayna si colma di pietà: per lui, per quel piccolo sorriso, l'ultimo, che le rivolge ancora – a lei, solo a lei –, con quello spazio tenero e familiare tra i denti davanti, la gola tesa e indifesa verso la risposta, i capelli arruffati di ragazzo incompiuto. Così colma di pietà che, quasi senza accorgersene, Zayna fa un passo avanti verso il cugino che, ora ne è certa, continua a guardare lei, non si stacca da lei.

Ma poi, «Azeema?» articola il cugino, un po' più forte, un po' più dubbioso. Il vento, però, sfilaccia il nome e lo confonde.

Non importa: Zayna sta ancora facendo un passo che non è suo, sta prendendo un posto che non è per lei, e lo sa bene. Azeema: anche se il vento ha rubato quel nome, Zayna l'ha letto sulle labbra del cugino. Eppure, mentre lascia il tempo a sua sorella di riflettere, di convincersi che, dopotutto, "moglie" è una bella parola da portarsi addosso – di capire che, in fondo, è una ragazza fortunata –, Zayna pensa che non c'è niente di male ad andare ancora un poco avanti, avanti di un altro piccolo passo, per il tempo minuscolo di un malinteso innocente, e intanto immaginare come sarà quando verrà il suo turno di sentirsi chiamare così, con una parola tanto piena di avvenire.

Ma qualcosa non va. Azeema la tira indietro con una stretta incerta, che non la rimprovera e però la allerta. Perché il momento è finito, e ognuno deve tornare al proprio posto.

Allora, Zayna abbassa la testa e, «Io non...» comincia a dire per chiarire l'equivoco, ma Azeema le stringe il polso così forte da farla voltare verso di lei.

Il cugino, infiammato dall'attesa, deluso da quelle parole che non suonano come vorrebbe, abbandona le mani contro i fianchi lasciando andare a terra un oggetto tondo e piatto che fa un rumore di medaglia perduta nella polvere.

Tra le dita della destra stringe un barattolo di vetro, scoperchiato.

Il vento cresce e scompiglia i veli, i connotati, le intenzioni.

«Che fai?», Azeema sibila a Zayna.

Niente, vorrebbe gridare la gemella. Una cosa mia, solo mia. Perché neanche Azeema ha capito, si addolora Zayna. Neanche lei mi riconosce.

Il cugino si avvicina, come spinto da un qualche vento antico e irresistibile. Allunga la mano libera verso la nuca di Zayna e la attira a sé, costringendola a voltare la testa.

«Ripensaci» la implora, durissimo.

Le gemelle – Azeema dietro, Zayna davanti – restano impietrite. La carezza sulla nuca di Zayna si fa più pressante, invadente, potente.

Non sono io, dovrebbe dire Zayna, ma non ci riesce.

Il cugino le spia il viso con la solita confusione negli occhi, con un dubbio che però si è fatto piccolo dietro la delusione. Un dubbio che ormai è diventato insignificante.

La carezza sulla nuca preme di più e diventa una stretta: quasi la sbriciola, riattivandole i nervi. Zayna si scosta con uno strappo, lasciando tra le dita del cugino il velo che le proteggeva in parte il volto; fa per scappare via, ma ormai è tardi: in un istante, sul suo petto, fiorisce una macchia.

Le uova cadono e si frantumano, fondendosi con la polvere.

Bepi

TIRALA FUORI. DOVE L'HAI NASCOSTA?
Mi aspettavo di tutto, dopo le interviste televisive a Nasreen, ma non di ricevere delle minacce. Daniela ha registrato le intimidazioni e le ha denunciate alla polizia postale: è emerso che i messaggi venivano da una cellula bresciana di pakistani.

Però, tutto è finito nel giro di un giorno: sia le minacce che la solidarietà. Quell'esperienza ci ha fatto capire quanto sia importante il dibattito sulla violenza: perché dopo un po' – dopo pochissimo – l'effetto della verità, nel bene e nel male, si esaurisce.

Daniela passava ore in ospedale con Nasreen. Non si risparmiava niente: la vista delle ferite, i silenzi interminabili, gli sfoghi più violenti. C'era lei il giorno in cui la ragazza, forse perché stava un po' meglio e avrebbe voluto fare di più – vedere, uscire, crescere –, ha vomitato fuori tutto e le ha raccontato dell'aggressione.

Quel giorno l'ho vista dalla finestra del mio studio: Daniela che usciva dall'ospedale, saliva in macchina e scoppiava a piangere. Non era la prima volta: quasi sempre riusciva a calmarsi da sola, altre volte afferrava il cellulare e mi telefonava.

«Le dico un sacco di bugie», mi ha detto tra i singhiozzi.

«Le stai vicina. Questa è una cosa vera».

«Ma non riesco a consolarla».

«Eppure, parla solo con te».

«Perché sto così male? È giusto?».

«Perché hai un cuore».

«No. A volte penso: è meglio che sia cieca, così non può vedersi».

La guardavo dalla finestra: teneva la fronte appoggiata al volante.

«Sai? Oggi ti ha chiamato papà, Bepi».

Le donne sono incredibili. Daniela non ha mai smesso di andare all'ospedale, e Nasreen ha tirato fuori un carattere inaspettato. Andavo a trovarla e lei mi diceva: «Quando mi fai il prossimo intervento? Voglio fare questo; proviamo quest'altro...». Dopo tre anni a Udine, con alcuni periodi a Roma tra un intervento e l'altro, alla fine parlava benissimo italiano. Quando è tornata in Pakistan, è stato come se l'avessimo adottata a distanza: ogni mese le mandavamo una piccola somma per mantenersi, pari allo stipendio di un operaio.

Però, a volte, quando si fa del bene si viene fraintesi. Il beneficio è confuso con la carità, che io considero in senso dispregiativo. La carità si fa perché gli altri la guardino, perché tranquillizza la coscienza; e alla lunga rovina chi la riceve, perché abitua male.

Nasreen ha finito per sentire che le facevamo la carità, e le cose si sono guastate. Ogni volta che veniva a Udine per i controlli periodici, noi le davamo quello che le serviva – la biancheria, gli abiti, il telefonino – e poi una volta a casa glielo toglievano; il fratello la obbligava a chiedere soldi a destra e a sinistra, a noi a Udine e a Clarice a Roma. Arrivava nuda e tornava in Pakistan con i frullatori.

Ecco, *Smileagain* non fa questo. Avevamo sbagliato, con Nasreen, perché eravamo andati oltre; c'erano tante altre ragazze da aiutare, e lei aveva avuto più di tutte. Le abbiamo spiegato che l'associazione vive di donazioni, finalizzate innanzitutto agli interventi, per curare più vittime possibili. Lei ci ha fatto una scenata: «Sono io che vi faccio pubblicità, e quindi voglio di più». Però noi la conoscevamo, dopo tre anni di sofferenze autentiche e di gratitudine vera che lei ci aveva manifestato: sapevamo che non erano parole sue, che qualcuno gliele metteva in bocca.

Smileagain doveva cambiare strategia: l'ho percepito con chiarezza durante un viaggio di tre settimane in Pakistan, nell'aprile 2004.

Ogni volta che andavamo a Lahore per operare, la voce si spargeva in tutta la regione («Sono arrivati i dottori italiani!»), e la gente veniva a frotte dalle campagne: uomini ustionati sul lavoro, bambini bruciati dal cherosene domestico e, soprattutto, donne sfregiate con l'acido.

Ma all'epoca potevamo fare poco, perché non avevamo ancora il permesso di operare: potevamo solo visitare le vittime e scegliere quelle più adatte a sopportare il viaggio e le cure in Italia.

Mi aspettavo di rivedere una donna che avevo visto durante il viaggio precedente: l'avevano costretta a bere l'acido, e aveva la bocca e l'intestino bruciati. Poteva vivere solo di liquidi. Ma in sala d'aspetto non c'era, e i medici non ne sapevano niente. Più tardi, un'infermiera mi ha detto che la donna era scappata di casa, e non l'avevano più ritrovata.

Il giorno dopo mi hanno portato un bambino: mentre giocava era caduto nel focolare, e aveva gli arti inferiori coperti di ustioni estese e profonde. L'intervento non era rimandabile.

Con noi quella volta viaggiava un'anestesista.

«Dobbiamo operarlo».

«Non si può, Bepi» mi diceva lei.

«Troviamo un modo» insistevo io.

«Portiamolo a Udine».

«Non ce la fa, ti dico».

«Allora, purtroppo...».

Non se la sentiva.

«Ma io faccio il medico, cazzo! Questo bambino ha bisogno *ora*».

Allora abbiamo cominciato a pensare che la soluzione migliore, a differenza di quanto credevamo all'inizio, non era far venire le vittime da noi, per operarle e curarle lontano dalle loro case. Certo, in Italia avevamo strumenti più adatti – le strutture, la professionalità, il nostro comfort sanitario –, e non solo per gli interventi, ma anche per la promozione di *Smileagain*: per la visibilità, che è tanto importante quanto volatile. Ma in quell'ospedale, davanti a un bambino che non potevo curare, e con una donna che era scomparsa due volte – prima per l'acido, e poi per l'abbandono –, ho pensato che il modo più giusto per aiutare era operare in Pakistan. Era la logica a suggerirlo: operando a Lahore avremmo risparmiato tempo e denaro, e quindi avremmo curato più vittime, senza sradicarle dal loro ambiente, dalla loro lingua, dalla loro famiglia, raggiungendo risultati migliori.

E poi, avremmo fatto un'esperienza di vita importante.

Clarice era d'accordo con me; gli altri chirurghi, invece, si sono tirati indietro. Troppo lontano, forse; o forse, troppo anonimo. Comunque, grazie agli amici raccolti in Pakistan abbiamo ottenuto i permessi necessari, contattato le strutture sanitarie più adatte e messo in piedi una rete per trovare le ragazze da curare.

Abbiamo iniziato in una clinica di Lahore: altro che Italia. Da noi l'anestesista, quando arriva l'orario, se ne va a casa, o al massimo si attarda per le urgenze più gravi. Lì invece, la sala operatoria apriva alle 8 e chiudeva alle 20; i pakistani sapevano che nei giorni in cui eravamo lì dovevamo lavorare a ciclo continuo, e loro non dovevano disturbare.

E non lo hanno mai fatto.

Dopo tante chiacchiere, finalmente i risultati.

È stato allora che abbiamo conosciuto Iram.

Quando si è rimessa, dopo i primi interventi, le abbiamo chiesto di raccontarci la sua storia, e lei ha trovato la forza di scriverla.

È successo quando avevo diciotto anni. Un ragazzo mi chiese in moglie e domandò la mia mano ai miei genitori, ma loro lo rifiutarono perché non era una brava persona...

Cosa che dimostrò con i fatti, tirandomi addosso l'acido e rovinandomi la vita.

Era il primo settembre del 1996. Io camminavo per strada, andavo da qualche parte, quando questo ragazzo venne con l'acido.

Me lo ricordo distintamente: l'acido era in quella brocca blu...

All'inizio, il ragazzo mi lanciò l'acido sulla parte destra del volto, e sul lato destro della schiena: l'acido corrose l'intero lato, e io persi il mio occhio destro. Il mio occhio è chiuso, ora, e non posso più vedere. Adesso sto usando un occhio artificiale, fornitomi dal dottor Losasso di *Smileagain*.

Non appena il ragazzo mi tirò l'acido, io sentii qualcosa di fresco sul viso, e mi voltai dall'altro lato per fuggire. Ma invano. Con un nuovo tentativo, il ragazzo mi tirò l'acido sul lato sinistro del volto, distruggendolo e rovinando il collo e la parte superiore della mia spalla sinistra. Ma, grazie a Dio, il mio occhio sinistro si è salvato e io posso ancora vedere il mondo.

È una grandissima benedizione, per me.

Quando iniziai a gridare e a piangere, il ragazzo se ne andò sorridendo. Non potrò mai dimenticare quel sorriso disgustoso...

Il mio abito bianco si tinse di nero e si lacerò. Il mio viso divenne rosso, la pelle si stava sciogliendo. Vidi il mio riflesso in un vetro... Gridavo e piangevo.

Una donna mi diede il suo abito per coprirmi. In quel momento, vidi una porta aperta... Entrai, cercai dell'acqua per pulirmi il viso. Il capofamiglia si alzò e mi portò all'ospedale.

Non appena raggiunsi il pronto soccorso, i medici iniziarono immediatamente a curarmi. Quando ripresi i sensi, vidi mia madre che piangeva e piangeva. Tutta la mia famiglia era sconvolta, e soffriva per quell'indescrivibile assurdità della vita, per lo stress e la tensione, fisici e mentali.

Chiesi a mia madre di poter vedere la mia faccia, ma lei rifiutò. Chiesi ai medici, e anche loro me lo negarono.

Sfortunatamente... Mentre mi portavano verso la sala operatoria, nello specchio di un ascensore, alla fine vidi il mio volto...

ERA LA FINE...

FINE DELLA MIA FACCIA...

FINE DELLA MIA BELLEZZA...

FINE DELLA MIA VITA...

FINE...

        ...MA

"LA VITA VA AVANTI".

NULLA PUÒ ESSERE FERMATO,

ECCETTO IL RESPIRO.

In chirurgia estetica, esistono dei parametri per un viso "perfetto": sono misure, proporzioni, regole. Ma la perfezione finisce per essere statica, e tu invece ci devi parlare, con un viso.

Poi c'è la bellezza, che è un'altra cosa. Qualcosa di composito e impalpabile. Qualcosa che vive anche nei difetti di una persona, nelle sue imperfezioni, nelle sue fragilità. Più che di carne, è fatta di chimica e di sentimento; di bontà, sensibilità, disponibilità.

È fatta di dolcezza.

E queste cose, ognuno le percepisce come può. Se sei fortunato, ti accorgi della bellezza anche al di fuori della proporzione. Perché, alla fine, la bellezza è solo che quello che ci piace, che ci è affine. È un fatto personale, indipendente da tutto. Io ho visto persone decisamente anormali, con malformazioni e stranezze più o meno patologiche: e alcune di queste erano talmente belle, per quello che avevano dentro, da far dimenticare anche le piaghe. Non è un fatto di pura immaginazione, né una proiezione della fantasia, ma qualcosa che si sovrappone alla vista, che va oltre, che avvolge.

Per questo, secondo me, Iram *è* una donna bellissima.

È una ragazza intelligente, che studia, che si dà da fare. Non solo ha la voglia, ma anche la possibilità, la cultura, le capacità personali per venire fuori dalla sua tragedia nel modo più giusto e dignitoso. È una donna che dimostra di poter andare avanti.

Dopo averla operata, le abbiamo procurato un'epitesi oculare molto simile all'occhio che le era rimasto. L'abbiamo presentata alla FIDAPA (Federazione Italiana Donne Arti Professioni Affari) che ha messo a disposizione dei fondi per *Smileagain*: noi li abbiamo devoluti a Iram perché continuasse il suo percorso di studi.

Ecco, questa non è carità: è un investimento sulla persona. Le abbiamo dato un aiuto per *fare* qualcosa, non per *comprare* qualcosa. E questa ragazza ha capito che poteva essere la vera icona di *Smileagain*, che poteva rappresentarne la missione come testimonial. Ha capito la responsabilità che le abbiamo affidato. Perché – e noi ne siamo convinti – Iram incarna il futuro, la generazione che ci aiuterà a chiudere *Smileagain*.

Certo, sarà un processo lungo.

Se ripenso a quei primi anni di attività, oltre a Nasreen e a Iram, oltre alle minacce e alle ustioni, ai lunghi voli e alle lacrime, mi tornano in mente trecento generali. Era la prima presentazione ufficiale di *Smileagain* in Pakistan: all'ospedale militare – allora, il punto di riferimento del potere – ho incontrato il medico personale di Musharraf, l'uomo che all'epoca decideva della tua vita e della tua incolumità su quella terra, e che ha premiato ufficialmente l'impegno di *Smileagain*. Eppure, Musharraf in altre occasioni ha dichiarato: «Da noi ci sono donne ministre, donne che fanno i piloti d'aereo, donne imprenditrici. Quindi, non è vero che le donne nel mio Paese sono emarginate».

Le donne ricche, forse no. Ma io avevo ancora negli occhi le labbra bruciate della donna che non avevo ritrovato, la bava che le colava dalla bocca e le braccia tumefatte dalle flebo. Vedevo la palpebra sciolta di Iram e la sua gratitudine per non aver perso l'altro occhio. Vedevo il cranio lucido e rossastro di Nasreen, sentivo le sue parole di autoaccusa e il suo sollievo per l'elemosina elargita dal suo aguzzino, che è ancora a piede libero.

Perciò, le parole di Musharraf mi sono suonate come una provocazione.

Operavamo, ma non bastava. Dovevamo fare di più.

Zayna

In un istante, sul petto di Zayna fiorisce una macchia.

La sorpresa le fa sgranare gli occhi, mentre il vento trascina lontano il suo velo con una grazia canzonatoria. Il cugino, di fronte a lei, è come se la vedesse per la prima volta: e finalmente la guarda a fondo, smarrito. Poco lontano, nella polvere, rotola tintinnando il barattolo vuoto.

La ragazzina abbassa gli occhi sul vestito bagnato, e il primissimo istinto è quello di ridere: per la sorpresa, per l'imbarazzo, per scaldare il gelo che è caduto fra loro tre – perché persino Azeema, china sulle uova rotte, non sa che cosa dire. E, soprattutto, per coprire quel piccolo, viscido fondo di vergogna che comincia a ristagnarle nel petto, proprio sotto quella macchia d'acqua che si allarga nel tessuto.

Perché? vorrebbe chiedere Zayna, ma le parole, stranamente, non vogliono uscire. Non c'è neanche il tempo di accennare un sorriso, perché il cugino si volta e scappa via di corsa.

«Non è niente» mormora Azeema, che si è avvicinata e le ha preso la mano: «ora si asciuga».

Ma Zayna inizia a tremare forte. Non riesce a parlare, come se qualcosa nella sua testa le imponesse con violenza il silenzio. Azeema allora si scuote e la strappa via dalla strada, dove la polvere ha iniziato a frustarle.

Si avviano verso casa, ma Zayna si ferma spesso. Non riesce a parlare e trema ancora. Azeema non l'ha mai vista così – silenziosa sì, ma non così perduta – e non sa bene cosa fare, se non togliersi il velo e metterglielo intorno alle spalle, raccogliendo i lembi di stoffa dentro i pugni chiusi della gemella.

«Aspettiamo un po' prima di rientrare, vuoi?» le dice.

Zayna resta muta e la guarda con occhi grandissimi.

Azeema la guida fino al piccolo rudere di una capanna, che ha ancora un muro che resiste al vento; le gemelle si siedono una accanto all'altra ma già lontanissime fra loro, e aspettano che con il sole si estingua anche il tremore.

«A quest'ora?!», grida Fatima, quando finalmente le gemelle tornano a casa. Le strattona forte per separarle, poi si accorge della macchia sul vestito di Zayna: «Azeema, che hai combinato?».

«Sono io Azeema».

La madre si ferma a studiarle meglio. In genere è Azeema la più scapestrata, quella che si sporca più spesso.

«Cos'è?» chiede Fatima a Zayna, accennando al suo petto ancora umido.

«Acqua» risponde Azeema per lei. E poi: «Aveva caldo».

Zayna guarda la sorella, poi capisce. È meglio evitare le domande sul cugino: potrebbero portare alla proposta di matrimonio.

«Dove sono le uova?».

Ma Azeema le ha fatte cadere per terra quando il cugino ha gettato quell'acqua addosso alla sorella.

Zayna fa uno sforzo che le causa l'ennesimo brivido: «Si sono rotte», mormora a fatica. «Per strada. Un colpo di vento».

«Chi le portava?».

Silenzio, poi: «Io», mormorano le gemelle, all'unisono.

Sanno che la madre, se deve picchiarle entrambe, picchia meno forte. Quindi, a turno, una delle due si sacrifica per l'altra.

Zayna, però, è la meno veloce. Per ripararsi il capo dai colpi della madre, si rannicchia su sé stessa, e l'acqua che le ha appiccicato il vestito addosso si fa sentire sulla pelle con uno sciacquio sordido.

Tenerle lontane è la punizione più severa. Perciò Azeema, che la madre sospetta come la vera colpevole, rimane in cucina a impastare il pane. Zayna, invece, viene mandata direttamente a letto.

La ragazzina tira la tenda del suo angolino e si siede sul materasso. Tutto è ancora come deve essere: il suo spazio, i suoi movimenti. Ma già quando si tira su il vestito per farlo scivolare lungo la schiena, oltre la nuca, su per le braccia, qualcosa di quello strano sciacquio le rimane nella fossetta della gola, sulla pelle del seno appena accennato, nell'incavo delle ascelle: come se qualcuno continuasse a toccarla, a palparla, a frugarla.

Zayna si spoglia e non si accorge che, dove le maniche sono cucite alla tunica, si stanno aprendo due minuscoli strappi, e che l'orlo delle ferite di stoffa continua impercettibile a fremere. Per un istinto giusto e tardivo, Zayna getta lontano il vestito umido; poi si rannicchia sul materasso, abbracciandosi stretta col mento sullo sterno e i gomiti serrati.

E questa è, invece, come una fuga verso un burrone.

Quando, poco dopo, Azeema viene mandata a raggiungerla, Zayna fa finta di dormire. La minaccia nella sua testa le dice ancora che non deve parlare, che non ne ha diritto, che la sua parola non serve a niente.

Le ore passano, e la sua pelle continua a formicolare. Zayna si sente come quella volta che, da bambina, si è addormentata sotto il sole, e il suo corpo al risveglio le si è rivelato con una presenza pulsante, come se l'aria intorno fosse fatta di aghi.

Chissà cosa c'era in quell'acqua, inizia a pensare Zayna. Chissà dove l'ha raccolta il cugino: forse al campo di girasoli, da uno dei bidoni che contenevano i liquidi per trattare le piante, e che la pioggia nei giorni scorsi ha lavato e riempito. Il cugino, e il suo sguardo sgomento.

Passa un'altra ora, e la pelle si scalda sempre di più. Ma la posizione, se Zayna resta immobile e stretta come un pugno, riesce a darle un po' di sollievo. La ragazzina riesce quasi a non pensare a un'immagine vista a Lahore, la vigilia delle nozze di Benazir: faceva un gran caldo, e fuori dalla porta del ristorante, nell'asfalto molliccio del marciapiede, si erano impressi i tacchetti delle invitate.

Il cugino, e quella sua parola immensa.

Ancora un'altra ora: la pelle rossa sul petto si tende e si gonfia, e il respiro si fa più corto. Zayna deve controllarlo perché ha l'impressione che, se respira troppo, qualcosa in superficie possa strapparsi. Ora mi passa, si ripete Zayna, con le braccia inchiodate addosso: se non mi muovo passa. Ma non osa ancora chiamare aiuto: chiederebbero, e lei dovrebbe mentire – per non dire di aver fatto un passo che non era suo, verso un ragazzo che non era per lei.

Il cugino, e il suo silenzio deluso.

È quasi l'alba, e fa già caldo. Ma non è l'aria: è la febbre che le serpeggia sotto la pelle. Azeema si alza – è sempre la prima a svegliarsi e a uscire dalla tenda – e la lascia sola a guardarsi le mani. Zayna le agita, se le torce vicino agli occhi. Si morde le dita per non guaire, per ripararsi in un altro dolore, perché il primo è un po' più forte ogni minuto che passa. Schiacciare la pelle contro altra pelle non basta più a spegnere il fuoco; le gambe, strette una contro l'altra, stanno tremando già da un po', e lei non riesce a fermarle.

Le verrà un livido, tra le ginocchia; le verrà *anche* un livido. Il cugino, e quella mano avvinghiata alla sua nuca.

La sensazione che le è rimasta sotto l'attaccatura dei capelli continua a schiacciarla giù, e Zayna, per allontanarsi da quella carezza sbagliata, si chiude sempre di più contro sé stessa.

Perché? non fa che chiedersi la ragazzina, con le dita che ormai sanguinano.

Non era lei che voleva, pensa Zayna tra le lacrime. Non era a lei che voleva farlo.

Questo dolore non era per lei.

«Azeema!» rantola Zayna, finalmente. Ma il respiro è corto e la voce è esile.

Una fitta enorme le attraversa il petto da un'ascella all'altra, ardendo sotto le braccia, bruciandole lo sterno. Alzare il mento non si può: il dolore non vuole.

E quando la tenda si apre con uno strappo, e compare la sua gemella – ha le braccia libere, il petto sgombro, la gola eretta e liscia – Zayna ancora non lo sa, ma quella è l'ultima immagine di sua sorella che avrà cercato con sollievo, senza fare confronti.

Poi Zayna chiude gli occhi, e perde i sensi.

«Com'è successo?».
«Non lo so, io non c'ero!».
«Quante ore fa?».
«L'ho trovata così...».

«E non sa con che sostanza...».

«Non so niente, niente!».

«Lei non può entrare».

«Per favore...».

«Aspetti qui».

La porta si chiude. Lo zio Hasan rimane in piedi, immobile, da solo.

Non sa cosa abbia fatto la ragazzina, perché abbia meritato quel segno. Sa solo che quando l'ha trovata, con accanto Azeema che gridava stringendosi le braccia addosso, e la madre che tentava di aprirle gli occhi, di sollevarle la testa, di stenderle le mani, lui ha pensato solo al modo più rapido per portarla in ospedale.

E ora che ci è arrivato, e che la ragazzina priva di sensi è sparita dietro quella porta, tutta rattrappita e rossa sulla barella, lo zio Hasan vuole solo uscire, alzare la testa e guardare il cielo.

E fare una domanda a Dio, che a voce non può fare a nessun altro.

Bepi

«Io non so se me la sento».

Era il 19 maggio 2004. Nel ristorante pakistano di Udine, Clarice aveva convocato me e alcune donne udinesi, tra cui Carla, Daniela e Mara Oceno. All'ordine del giorno c'era la decisione di aprire la sede friulana di *Smileagain*.

Di quella cena, ricordo che l'ho digerita male. I toni a un certo punto si sono alzati, e una delle invitate se n'è andata via senza neanche finire la portata. Io ormai c'ero dentro fino al collo, ed era esattamente così che volevo stare. Ma capisco, a distanza di anni, che tutti quelli che si sono allontanati – quel giorno e poi anche dopo – hanno avuto le loro ragioni.

«Io non so se me la sento».

Questa frase, per esempio, quella sera l'ha detta Daniela.

Si era spesa tanto, tantissimo, fino a quel momento. L'aveva fatto senza volere riconoscimenti, senza salire mai sul palco quando presentavo *Smileagain* in giro per l'Italia. Daniela l'aveva fatto per le ragazze, e basta.

Ora, però, la faccenda si faceva ufficiale. Serviva una struttura e un organigramma; servivano delle firme, dei legali rappresentanti. E Daniela aveva una famiglia.

La mia famiglia, a quell'epoca, era soprattutto mia madre. Avrebbe voluto che facessi il medico in ospedale; lo considerava un lavoro difficile e impegnativo, ma prestigioso: un lavoro "sicuro". Poi però, la prima volta che mi ha visto in TV... una roba. Le brillavano gli occhi: per l'orgoglio, ma anche per l'apprensione.

Perché lei sapeva che io mi metto sempre nei casini. Che mi vado a cercare le faccende complicate, le imprese difficili. *Smileagain* è questo, e io non ho mai pensato che mi avrebbe portato benefici. Pensavo che mi avrebbe portato solo guai, e in parte è stato così.

Però, in qualche modo, questa cosa doveva funzionare. Tante volte siamo arrivati sul punto di scoraggiarci, di abbandonare, di chiudere tutto; eppure, ogni volta succedeva qualcosa che ci faceva andare avanti.

Gli incontri, innanzitutto. Ho trovato delle persone straordinarie, grazie a *Smileagain*: donne e uomini di grande sensibilità, che non pensavano alla ONLUS come a un prodotto, a un obbligo o a una facciata, ma volevano trasmettere un significato con la loro azione.

Sono convinto che, dopo quella cena pakistana, non sono stato l'unico a dormire male. E la prova è che, il giorno della fondazione di *Smileagain* FVG, davanti al notaio c'eravamo io, Mara e l'immancabile Daniela.

Di Mara avrò sempre un ricordo sorridente. Partecipava tantissimo, non si tirava mai indietro. Ci credeva, nel progetto, e andava in giro per Udine a parlarne con la gente, a raccogliere sottoscrizioni. Si rallegrava per ogni risultato: per le prime donazioni che abbiamo ricevuto e per il buon cuore delle persone (come quando una signora vinse al lotto e diede a *Smileagain* la metà della vincita). Gioia per le magliette che qualche azienda ci stampava gratis, o per la sponsorizzazione inaspettata di una Cassa di risparmio. Quando a

Nasreen è venuta la varicella, dopo la dimissione dall'ospedale, Mara l'ha ospitata a casa sua e se n'è presa cura a lungo, prima che sistemassimo la ragazza a Villa Masieri.

Forse, il giorno della firma, Mara aveva già un segreto che non aveva detto a nessuno, che nascondeva anche a sé stessa dandosi da fare per *Smileagain*: un brutto segreto nella schiena che ce l'ha portata via tre anni dopo.

Nel 2005, quando sono andato in Pakistan con il dottor Mauro Schiavon, è venuta con noi anche Silvia Borromeo, bravissima giornalista di La7. Non è stato un viaggio facile. Una mattina busso alla sua camera e la trovo rannicchiata sulla poltrona: aveva trovato il materasso infestato dalle cimici, ma non aveva detto niente, e piuttosto aveva dormito seduta. Non le importava; ci teneva a fare le riprese nelle campagne più remote del Paese, perché è lì che le violenze si consumano più di frequente.

È stata lei, in uno di quei villaggi sperduti, a trovare una donna che era stata acidificata dal marito: era segregata in casa, coperta di piaghe perché non aveva ricevuto cure. Il suo aguzzino, dopo averla sfregiata con l'acido, l'ha messa incinta tre volte.

Silvia credeva nel suo lavoro, e soffriva per quelle donne. Da quel viaggio ha tratto un documentario intenso, *Il volto cancellato*: bellissimo non solo dal punto di vista tecnico, ma anche per l'impegno con cui Silvia ha colto i colori e i dolori del Pakistan. Il documentario, prodotto da La7, è stato premiato dalla critica (Premio Maria Grazia Cutuli 2007), e la trasmissione che lo ha mandato in onda è stata lodata da Aldo Grasso sul Corriere della Sera.

Poco dopo il nostro rientro a Udine, nell'ottobre 2005,

un terremoto in Kashmir ha causato decine di migliaia di morti. E io non posso farci niente: penso spesso che quella volta l'abbiamo scampata per un soffio.

Nel 2008, due registi americani hanno contattato Masarrat a Lahore: volevano girare un film sull'acidificazione in Pakistan. Io mi trovavo lì per operare, e i registi, Daniel Junge e Sharmeen Obaid-Chinoy, hanno chiesto di potermi seguire e di riprendermi in ambulatorio. Più tardi, gli autori hanno deciso di girare di nuovo con un attore pakistano, perché rappresentare un medico del luogo, invece di un chirurgo straniero, avrebbe trasmesso un messaggio più incisivo, più significativo per l'opinione pubblica. E io la penso come i registi. Il documentario, *Saving Face*, ha avuto un grande successo, vincendo un Oscar e numerosi altri premi.

Due giorni dopo il mio ritorno in Italia, un camion bomba è esploso nel parcheggio del Marriott, l'albergo dove alloggiavo di solito a Islamabad, e dove ero sceso anche quella volta.

Due giorni dopo. Bilancio: duecentosessantasei feriti, cinquantaquattro morti.

Pochi mesi prima dell'attacco al Marriott, Benazir Bhutto era tornata in Pakistan dall'esilio, accolta da una folla in festa e da una cellula di terroristi; un secondo attentato kamikaze, a dicembre, è costato la vita a lei e a molti suoi sostenitori.

Passati tre giorni dalla morte della Bhutto, suo marito Asif Ali Zardari è diventato presidente del Pakistan. Musharraf e i suoi quadri erano stati deposti e sostituiti, così nel 2009 io sono andato a Karachi per chiedere un incontro con il nuovo presidente, e per difendere un'altra volta il progetto di *Smileagain*.

Per essere ricevuti dal presidente, nella reggia immensa in cui risiedeva, bisognava pagare. Asif, comunque, mi ha salutato cordialmente, mi ha confermato come persona grata in terra pakistana e mi ha chiesto di andare a Dubai a visitare sua figlia. La ragazza aveva uno sfogo allergico, una leggera reazione topica che però lo preoccupava.

A Dubai, a guardia della villa di Asif, c'era un cane gigantesco, con un muso da orso e due occhi rossi e sgranati: si affannava per entrare, guaiva, latrava e smuoveva il portone con gli artigli. La figlia di Benazir Bhutto, invece, teneva gli occhi stretti e fissi sul pavimento di quel castello superprotetto. Era ancora molto scossa per l'uccisione della madre, e c'era un sospetto, enorme e inconfessabile, in fondo ai suoi occhi. Io ho fatto quello che potevo per curare la sua pelle; ma non credo che lo sfogo, di natura psicosomatica, abbia mai smesso di perseguitarla.

Perché ci sono mostri che covano a lungo nel cuore delle donne. Anche in quelle più vicine, in quelle che crediamo più solide e che invece combattono in silenzio. È insieme una forza immensa e un'immane fragilità.

È una cosa che succede anche da noi.

Penso a tutte quelle donne che non riescono a denunciare. Che arrivano in pronto soccorso con un'orbita tumefatta e dichiarano di aver sbattuto contro una porta.

«Mi scusi, signora. Ma come si fa a farsi un occhio nero contro una porta piatta?».

Ogni volta che ho dovuto fare questa domanda, le donne che avevo davanti sono scoppiate a piangere. Una cosa irrefrenabile, liberatoria, un sollievo intenso, ma breve. E allora, a ognuna di loro ho dato una prognosi superiore a venti giorni, per innescare la querela d'ufficio e obbligarle a ricevere la visita della polizia. È un atto invadente, lo so. Ma in questo modo, almeno qualcuna è riuscita a denunciare la sua porta.

Fakhra Younas, per esempio, ci era riuscita; della sua storia terribile si è presa cura la giornalista Elena Doni nel libro *Il volto cancellato*. A Karachi, la madre di Fakhra vendeva il suo corpo per sfamare i figli. Ancora ragazzina, anche Fakhra ha iniziato a danzare nel quartiere a luci rosse: era bellissima, e gli uomini la coprivano d'oro. Poi ha recitato in un film ed è diventata una diva.

Fino a un certo punto, questa storia sembra una fiaba. Il figlio del governatore del Punjab ha visto danzare Fakhra e si è innamorato di lei; ha deciso di sposarla per toglierla da quella vita e, insieme a lei, è caduto in disgrazia. Ed è qui che la fiaba diventa assurda, irriconoscibile, con il principe che si trasforma in un orco e la matrigna, invece, in un angelo che salva. L'amore non è bastato; Fakhra, stanca delle violenze del suo uomo, si è rifugiata da sua sorella e lì, mentre dormiva, suo marito l'ha sfregiata con l'acido e l'ha rapita per segregarla in campagna.

L'ha salvata Tehmina Durrani: già moglie del governatore, una delle bellissime donne del Pakistan più fortunato, di quelle che fanno le ministre e i piloti d'aereo, e hanno gli occhi ingrigiti e tristi. Tehmina ha strappato Fakhra alla prigionia e l'ha mandata a Roma, da Clarice. La situazione della ragazza era disperata: come spesso succede, non aveva ricevuto cure immediate, l'acido le aveva bruciato il mento e le sue labbra si erano attaccate al petto. Ci sono voluti trentanove interventi, operati dal dottor Valerio Cervelli di Roma, per farle rialzare la testa, ricostruirle naso, bocca e un orecchio, e restituirle un volto accettabile.

In Italia, Fakhra è tornata sotto i riflettori. Accolta dall'allora sindaco Veltroni, ricevuta dalla Roma bene, seguita da vicino da Clarice Felli, Fakhra si è sentita di nuovo *vista*. Suo figlio Nauman l'ha raggiunta dal Pakistan e sono andati a vivere insieme in un piccolo appartamento.

Finché la luce dei riflettori non si è affievolita anche a Roma. Nel 2012, a più di dieci anni dalla violenza, gli inviti si sono fatti rari; poi le visite sono cessate del tutto, e Fakhra si è lasciata andare. Ha smesso di farsi seguire, si è rifugiata nel cibo e nella droga, ha tentato due volte di suicidarsi con le pillole; poi, un giorno di marzo, ha aperto la finestra e si è buttata via dal sesto piano.

Io faccio il chirurgo, e so quant'è rischioso il coinvolgimento. Devi restare distaccato, altrimenti non operi bene, non sei lucido. Non hai la freddezza necessaria. Come fai a tagliare un amico, una moglie? Non puoi. Ma le vittime dell'acido ti tirano dentro alla loro storia perché vivono in un mondo di disperazione: una disperazione totale e, spesso, inguaribile. È una cosa difficile da concepire, perché anche il più solo di noi, alla fine, ha qualcuno che lo salva: come quel mio amico che, da ragazzo, ha preso tutta la boccetta di ansiolitici.

Così, finisce che soffri per queste bambine, ti ritrovi con il loro peso addosso; ma non puoi farglielo vedere, perché sei il loro sostegno: devono potersi appoggiare a te.

A Clarice è successo questo.

Qualche anno prima di suicidarsi, Fakhra le ha lasciato un messaggio di ringraziamento. La considerava una sorella maggiore, una confidente capace di rispettarla e di capirla a fondo, più di una madre. Una persona con cui Fakhra poteva essere libera.

Potrei dire tante cose, su Clarice. Per esempio, che non siamo andati sempre d'accordo. Oppure, che la considero tuttora una donna forte. Ma questo mi pare più significativo: che non si è mai perdonata per la morte di Fakhra. Il senso di colpa è stato l'ultima goccia; allora, Clarice ha chiuso la sede romana di *Smileagain*, e ha mandato i soldi rimasti a Nasreen.

Una sera, a Lahore, dopo la sala operatoria, ho cenato in un posto bellissimo: il sole era calato da poco, e io vedevo a distanza la grande moschea imperiale, tutta accesa di luci. Mi piaceva la sensazione rilassata, da turista, che sentivo guardando quel pezzo di mondo così diverso da me, aggiungendo un'altra tesserina al mio puzzle. O forse, ero soltanto un po' stanco.

Poi, però, sono andato a visitarla. Io sono abbastanza indifferente a questa roba; eppure quando sono entrato lì, scalzo e minuscolo in quella moschea immensa, il sentimento che ho provato non posso dimenticarlo. Se vuoi percepire questa cosa in Occidente, vai ad Assisi o a Fatima, dove la gente cammina in ginocchio fino all'altare, e si respira un'aria incredibile, emozionante. La moschea era antica e piena di fiammelle, di canti e di voci sommesse, e io mi sentivo in un vero luogo di culto, in contatto con qualcosa di più: una cosa enorme, antica, giusta. Una cosa che ispira un rispetto profondissimo, che ti smuove e che non puoi, non devi capire fino in fondo. Non necessariamente Allah, e nemmeno Gesù Cristo: perché la religione, quella codificata, quella dei libri, non c'entra neanche più. È, come dire, indifferente.

Forse è stata solo autosuggestione: mi sono messo in ginocchio, e ho iniziato a pregare.

È stato allora che mi è venuta l'idea più folle di tutte.

Zayna

«Dottore...».

«Non si avvicini».

«Mi dica almeno come sta!».

«Perché ci avete messo tanto?».

Ma il dottore non aspetta la risposta dello zio Hasan. I medici spingono la barella dentro il reparto ustionati; piccolissima sotto al lenzuolo, tutta accartocciata contro sé stessa, la ragazzina sembra addormentata.

«Ci abbiamo messo tanto...?».

«A ricoverarla. Perché?».

«Ma adesso lei è...».

«Abbiamo fatto il possibile».

«Che vuol dire? Dove la portate?».

«Aspetti qui. Vi chiamiamo noi».

Più tardi, gli inservienti trasferiscono la ragazzina in un letto della corsia.

«Ha la febbre alta», mormora un'infermiera; segna tutto su un foglio e lo passa allo zio Hasan.

È una lista di medicine; e la cifra del totale, segnata sotto a una riga, vale quanto l'ultimo mese di bracciali.

Quando lo zio Hasan torna dalle casse, la ragazzina dorme ancora, o almeno così sembra. Le hanno dato un farmaco che chiamano "il re", e per qualche ora ancora lei non saprà.

Ma lo zio Hasan, invece, vuole sapere subito. Fa il giro del letto e si costringe a guardare sua nipote.

La riconosce ancora, e questo lo rassicura un po'. Sembra rannicchiata come quando era piccola e si addormentava accanto ad Azeema, su un materassino steso nello stesso angolo dove le due gemelle dormono ancora oggi, dietro la tenda della cucina.

Sembra che non sia cambiato niente. Certo, ci sono quei tubicini che le escono dai polsi, con il re che va e che viene dentro il suo sangue e la fa sembrare una bambina che sogna, con le mani raccolte davanti alla bocca, il mento calato sul petto, la schiena piegata ad arco, le ginocchia unite contro i gomiti.

Ma non è cambiato niente, pensa d'un tratto lo zio Hasan. Da quando l'ha portata in ospedale, nella strana postura incatenata che c'era nel suo corpo, non è cambiato niente. L'hanno pulita, l'hanno fasciata, l'hanno drogata. Ora che Hasan ha pagato, le hanno dato anche gli antibiotici. Ma i nodi che le raggrumavano il corpo sono ancora tutti lì, sotto le fasciature del petto, dietro una medicina che per ora le toglie il dolore, ma che prima o poi finirà di fare effetto.

«Sembrava acqua!», grida Azeema, prima di crollare a terra davanti al letto di sua sorella. Sono le ultime parole che dice per molte ore.

Sembrava acqua: acqua fresca che dà sollievo. E l'acqua non si lava con l'acqua, perché tanto non lascia macchie; l'acqua si lascia asciugare per tutto il tempo che ci vuole.

Perché l'acqua non può fare male.

Le mani davanti al volto sono rimaste libere e sane, mentre la ragazzina rimaneva immobile per il dolore, rattrappita e contratta dietro la tenda della cucina. Ma quella sostanza che sembrava acqua è penetrata nelle sue ascelle e ha iniziato a saldarle insieme. Si è infiltrata nei gomiti, sotto il mento, lungo il collo, incollando la pelle contro altra pelle.

Lei si è annodata per schiacciare via il dolore, e quei lacci si sono stretti per sempre.

Le ore colano, e il re svanisce.

La ragazzina grida come mai le hanno sentito fare. Le escono parole, dalla bocca, che non credevano conoscesse. E piange, perché vorrebbe muoversi, agitare le braccia, dimenare un corpo che non le assomiglia più, per combattere contro un dolore che la imprigiona.

Lo zio Hasan va a comprare altro re, ma l'effetto dura meno della prima volta: il sonno della ragazzina è più lieve, e i suoi occhi, sotto le palpebre, dietro i pugni incatenati al busto, si muovono senza riposo, brucianti di febbre.

Fatima si allontana dalla figlia solo per pregare. Guarda con sospetto ogni infermiere che si avvicina: non sa a chi chiedere aiuto, se a quelli che accorrono con un nuovo foglio pieno di cifre, o a quelli che trascinano i passi e portano via gli altri pazienti per trasferirli in un posto da cui non tornano più.

Perché, in quel reparto, è sempre l'ora dell'ultimo saluto. Intorno alla ragazzina, i pazienti muoiono come mosche: bambini bruciati dalle stufe a cherosene, uomini ustionati nelle fabbriche, donne arse "dai fornelli" – ma quasi sempre sulla faccia. I letti si riempiono e si svuotano senza sosta.

Il tempo passa, e dal corpo della ragazzina inizia a sprigionarsi la puzza. È l'odore della carne morta che si stacca dalle ulcere e rimane incastrata tra le braccia e lo sterno. È l'odore dei suoi seni acerbi che marciscono prima ancora di sbocciare.

«Allah, ti prego» mormora allora lo zio Hasan, «falla morire».

Fatima lo sente, impallidisce e le sue mani scattano veloci contro il fratello: una donna che osa rivoltarsi contro un uomo. Lo zio Hasan fatica a staccarsela di dosso, la stringe per le braccia e la guarda severo; ma anche se la furia di Fatima più che ferirlo può farlo indignare – in fondo, è una donna –, in quel momento il gesto della sorella lo addolora soltanto. Perciò, invece di biasimarla, l'uomo le volta le spalle e va a posare la fronte contro il vetro della finestra.

Nemmeno Azeema si stacca mai da sua sorella. Quando il tempo delle visite finisce e lo zio Hasan, esausto, prova a portarla via, Azeema si aggrappa alla testiera del letto, con gli occhi fissi sulla pelle bruciata della gemella, su quei pugni tanto uguali ai suoi che però non hanno mai dovuto chiudersi così, intorno a tutto quel dolore come a una corda che strangola.

«Se io non ci sono, lei muore» ripete Azeema, disperata, anche quando sua sorella è sveglia e può sentirla.

Ma dentro di sé, Azeema pensa un'altra cosa: che se non ci fosse stata, quel giorno sulla strada di casa, sua sorella non sarebbe in quello stato. «Io ci sono» si condanna tra i singhiozzi, «e per questo lei muore».

Finché, anche ad Azeema viene la febbre. La ragazzina nel letto è senza forze, quella fuori dal letto è esausta. La strappano dal capezzale della sorella: Azeema tende le braccia e conficca le unghie negli stipiti, ma sul materasso i pugni della gemella sono inerti, la bocca muta, gli occhi secchi. Eppure, quegli occhi la guardano e, in silenzio, le dicono: «Lasciami andare».

Azeema, allora, lascia la presa.

Ma la ragazzina non muore. Vorrebbe, certo, ma non ci riesce. Si sveglia di soprassalto e si addormenta di scatto, a tratti c'è e non c'è. È come se il dolore venisse a controllare se è ancora viva, e la trovasse pronta ad accoglierlo con ogni riposto angolo del corpo.

Poi, le ferite cambiano: pulsano di meno, buttano fuori i veleni, cominciano a rimarginarsi. Una mattina, le infermiere vanno dalla ragazzina a pulirle il pus, e trovano un sangue nuovo e vivo sul lenzuolo – un sangue inopportuno come una speranza inutile. Eppure, i medici se ne rallegrano: vuol dire che il corpo risponde, che vuole andare avanti.

Ma il corpo della ragazzina non va molto lontano. Rimane sul letto della corsia finché la sua famiglia può permetterselo; poi lo spostano a casa, e lì le fasciature tornano rosse e vive e dolenti come quell'altro sangue che esce da dentro senza che nessuno, lì, abbia aperto alcuna ferita.

A casa, seduta al tavolo delle pietre, Fatima prepara il chador per quella sua figlia che è diventata una donna. Lo accarezza, lo cura come si fa con ogni simbolo dal significato complesso, un significato che richiede fede.

Come si fa con un simbolo normale, per un passaggio normale, in una vita normale.

Dentro, però, nel risvolto che si drappeggerà sul petto di sua figlia, Fatima cuce le sue pietre preferite: perché lei possa toccarle con le mani, accarezzarle come un piccolo segreto tra donne.

Perché le mani della sua bambina saranno sempre lì: incatenate sul petto, a nasconderle il corpo meglio di come qualunque velo possa fare.

E, mentre ricama, Fatima piange.

Bepi

L'idea era questa: attaccare il problema alla radice.

Quando arrivavamo in Pakistan, la sala d'aspetto della clinica si riempiva di gente. Di ragazze acidificate, soprattutto: tante, tantissime, con le famiglie o da sole.

E questo non succede, se non c'è un problema serio e radicato.

Dovevamo mettere l'opinione pubblica pakistana di fronte alla realtà dei fatti: una realtà di miseria violenta che per anni era stata nascosta dalla propaganda («Le donne pakistane sono emancipate», ripeteva Musharraf) e che invece veniva autorizzata dal costume.

L'occasione si è presentata nel 2005, a Multan. È una città antichissima, dove le tradizioni del popolo risplendono e insieme vanno in suppurazione; dove la differenza fra la miseria e l'opulenza è larga un abisso: il povero muore schiavo, il ricco fa l'occidentale. Ma se tu vuoi fare l'occidentale, non puoi permettere violenze così retrograde; non puoi ammettere che la donna sia considerata niente. Ecco: tutti si dichiaravano contrari all'acidificazione, e poi però nessuno muoveva un dito. I problemi privati rimanevano chiusi dietro le porte, e nemmeno la polizia poteva intervenire.

A Multan, siamo riusciti a farci promuovere tramite un Telethon pakistano. Il programma sarebbe stato trasmesso in prima serata sulla rete televisiva principale del Pakistan, raggiungendo potenzialmente milioni di persone. Ci voleva un nome grosso, però: qualcuno che rappresentasse la causa di *Smileagain* e, insieme, quella del Paese.

All'inizio, il Primo Ministro Shaukat Aziz non voleva saperne. Clarice aveva tentato di convincerlo, ma senza essere ascoltata; e del resto, ai suoi occhi Clarice non solo era una donna, ma non era né pakistana né miliardaria. Mi sono trovato a doverla scavalcare perché Aziz considerasse il nostro invito.

«Nella città della sua famiglia, Ministro. Ci pensi».

«Mi spiace, ho un impegno istituzionale».

«È un'occasione di visibilità» insistevo io, «e non solo per *Smileagain*».

«Parliamo di numeri marginali».

Non intendeva gli ascolti TV. Non parlava nemmeno di numeri: parlava di persone marginali. Persone come Nasreen, come Iram, come Fakhra.

«Il problema esiste, Ministro».

«Ma è in calo».

«E se fosse proprio lei a estinguerlo?».

Qui, il Ministro ha taciuto. L'ho visto per quello che era: un uomo intelligente, con un figlio disgraziato che vendeva droga, e un Paese difficile da gestire.

«È l'occasione giusta per rappresentare un Pakistan moderno».

«Non lo so» ha detto, «vedremo».

Allora l'ho incalzato: «L'occasione per dimostrare che lei ha uno spirito superiore».

Un po' retorico, mi rendo conto; ma lo vedevo, che il Ministro stava tentennando. Ero sulla strada giusta.

«Sì, ma a che ora...».

Cedeva.

«Ministro, la vedrò stasera in TV».

E Aziz, quella sera, si è presentato davanti alle telecamere.

Nessuno se lo aspettava, perché il Primo Ministro è l'autorità massima in Pakistan, come nel sistema inglese: la carica che prende le decisioni politiche, mentre il Presidente (che pure conoscevo di persona) è una figura più simbolica e meno operativa (se non per la gestione occulta delle risorse pubbliche per scopi personali; ma questa è un'altra storia, e non è la mia).

Quella sera ci siamo seduti nello studio televisivo, in collegamento con tutte le regioni pakistane, sotto al tabellone che contava le donazioni. È stato bellissimo. Aziz ha detto delle cose preziose su questa ONLUS che viene da lontano e opera gratuitamente per il bene del Pakistan: parole perfette da politico perfetto.

È stato uno spettacolo a tutti gli effetti. Sono stati raccolti dei soldi, non ricordo bene quanti, ma non importava tanto questo: era importante che sulla rete nazionale, davanti ai telespettatori pakistani, il Primo Ministro ammettesse implicitamente che l'acidificazione non solo esisteva, ma era un problema serio, se valeva la pena di parlarne in prima serata e di donare dei soldi a un'associazione umanitaria che cura le donne marchiate a vita.

Quella sera siamo stati felici. Io ero seduto tra Clarice e una bellissima donna pakistana, Ministra della cultura, presente e coinvolta in questo evento che è andato benissimo in TV, e che ha raccolto tante adesioni presso i pakistani.

Solo che, ogni volta che tornavamo in Italia, arrivavano notizie tremende dal Pakistan. Una volta un terremoto, un'altra volta un attentato. La volta del Telethon abbiamo saputo da Masarrat che qualcuno aveva sparato a quella Ministra. L'hanno punita perché era lì, in quella trasmissione, e perché combatteva per la nostra causa.

E allora succede una cosa terribile: alla fine, ti abitui al pensiero di tornare felice ma non troppo, sapendo che hai fatto solo un passo avanti e almeno due indietro.

Ma quella donna non è morta invano; o almeno, io ho bisogno di pensarlo. Nel 2010, l'Assemblea Nazionale del Pakistan ha approvato all'unanimità una legge che si intitola *The Acid Control and Acid Crime Prevention Bill*. Questo provvedimento ha due scopi: il primo è il controllo della produzione, della vendita e dell'uso di acido, per evitarne gli utilizzi impropri; il secondo è la garanzia che chiunque causi volontariamente danni a un altro essere umano tramite l'uso di sostanze corrosive sconti una pena detentiva tra i quattordici anni e l'ergastolo, oltre al pagamento di una multa di almeno un milione di rupie.

Il Pakistan, insomma, iniziava a cambiare davvero. La legge ha comportato un emendamento del codice penale; molte associazioni si sono organizzate in tutto il Paese per assistere le vittime, tra cui l'*Acid Survivors Foundation* (che garantisce alle vittime la protezione e la possibilità di esercitare i diritti umani di base) e la *Depilex Smileagain Foundation* di Masarrat Misbah (che, oltre a trovare e curare le ragazze, insegna loro un mestiere perché diventino pienamente autonome). Inoltre, è sorta una rete di ottimi avvocati che assistono esclusivamente le vittime di acidificazione: avvocati che, ogni giorno, ricevono minacce di morte.

Certo, non è solo punendo il reo che si elimina il reato – o comunque, non subito. Certe pratiche, certi modi di concepire il potere e la libertà a discapito dell'altro sono integrate nella mentalità, nelle idee secolari che innervano un popolo. È la tradizione della Shari'a, la legge non scritta e quindi non emendabile, che autorizza quelle pratiche, soprattutto nelle regioni più povere; è una saggezza antica che ha una sua autorevolezza, in quanto *summa* di certezze ataviche. E non è una realtà così remota: l'avevamo anche noi, nel nostro Meridione, un codice non scritto sull'onore. Ogni volta che siamo stati poveri, ci siamo appellati ai costumi antichi e collaudati: perché, se si è sempre fatto così, allora deve essere giusto per forza.

Per questo, l'unica vera speranza sono i ragazzi. Sono loro che recepiranno la necessità di cambiare e attiveranno la rivoluzione più profonda e duratura. La legge del 2010 li tutelerà finché il Paese non sarà pronto, finché loro stessi non saranno pronti; ma un giorno la cultura di questi ragazzi renderà la legge superflua, perché loro avranno scardinato la concezione della donna come oggetto intercambiabile; l'idea secondo cui la femmina è una cosa che serve a generare figli, possibilmente maschi; la mentalità secondo cui, dopo tre figlie femmine, il marito ha il diritto di non amare più sua moglie, di cacciarla via, di sfregiarla con l'acido.

Intanto, a Udine, noi pensavamo a come operare meglio.

Andavo in Pakistan in media tre volte l'anno; partivo con i miei colleghi, non solo con i primari ma anche con gli specializzandi, ed era bello perché l'obiettivo era unico e uguale per tutti, e questo faceva sì che le gerarchie a cui eravamo abituati venissero meno. Eravamo un gruppo coeso, e facevamo interventi delicati che i medici pakistani generalmente non eseguivano. In sala operatoria, però, ci facevamo aiutare dai chirurghi del posto, perché imparassero i rudimenti della chirurgia delle ustioni. Impartivamo insomma una formazione sul campo, non organizzata e spontanea. I medici assistevano agli interventi ed eseguivano con noi le medicazioni, seguendo poi il decorso postoperatorio dei pazienti anche per lunghi periodi, durante i quali venivano gonfiati gli espansori cutanei.

Lavorando a Lahore, mi ero reso conto che serviva più aiuto nelle sale operatorie pakistane e che, di conseguenza, era necessaria una formazione più strutturata e affidabile. Perciò nel 2006 abbiamo organizzato un corso di medicina intensiva e chirurgia ricostruttiva post-ustioni per infermiere pakistane. L'azienda ospedaliera Santa Maria della Misericordia di Udine ha messo a disposizione le strutture cliniche e i professionisti; l'accordo prevedeva che dopo il corso, al ritorno in sede, le infermiere trasmettessero a loro volta le conoscenze acquisite ai loro colleghi pakistani.

Ricordo che la scelta cadde su quattro bravissime ragazze. Parlare con loro, che avevano vent'anni, era come parlare con delle europee di tredici, quattordici anni: il loro atteggiamento era ingenuo, anche se i loro sguardi avevano un che di malizioso. Come le bambine.

«Tu ce l'hai il fidanzato?».

Ridevano come fringuelli.

«Io no».

«E tu?».

«Io sì!», ha detto una delle quattro, un po' in bilico tra l'orgoglio e l'imbarazzo.

«E come si chiama?».

«Non lo so».

«Come sarebbe?!».

«Lo sanno mio papà e mia mamma».

Era il mio turno di ridere. La ragazza invece mi guardava sbalordita.

«Cos'è che sanno?».

«Tutto. Hanno già deciso».

«Quindi, non funziona che conosci un ragazzo, ti innamori e poi lo sposi?».

Lei ha fatto di no con la testa.

«E se poi non ti piace?» non ho potuto fare a meno di chiederle.

«Mi piacerà. Io mi fido dei miei genitori».

Erano quattro bambine entusiaste. Impazzivano per andare in giro per negozi con Daniela a comprare cioccolato e caramelle, ma poi non riuscivano a mangiare il nostro cibo. Avevano un problema in particolare con gli spaghetti. Sulla pizza volevano solo patate e ingredienti piccanti. Cercavano sapori fortissimi. Siamo andati a mangiare al ristorante indiano e lì si sono scatenate: hanno finito in una sera tutto un flacone di peperoncino.

La cosa più incredibile, però, era il loro attaccamento al lavoro: il servizio nella sanità è considerato molto prestigioso in Pakistan, e queste ragazze sono molto orgogliose di quello che fanno. In ospedale sono state sempre molto serie e rispettose, volenterose, brave, molto dolci e gentili. Un ricordo che mi si è stampato nella memoria.

In Pakistan c'è anche molto rispetto verso i medici, che però non fraternizzano con gli infermieri: c'è come un vetro infrangibile fra le due categorie. Da noi, a Udine, avevamo preso l'abitudine del cosiddetto *Losasso day*: il giovedì ci fermavamo tutti nella saletta degli infermieri e preparavamo la pasta nel bollitore del tè. Le infermiere pakistane, trovandosi in quella baldoria, erano contentissime perché i loro medici in genere se ne stanno fra loro, non condividono il tempo del relax con gli infermieri. Per noi era un modo di stare insieme, di ridere, di condividere le ansie, le esperienze, le paure – un modo per avvicinarsi di più, come nelle migliori famiglie. Perché alla fine, durante gli interventi, sono gli infermieri che ti aiutano, e avere un buon rapporto con loro diventa fondamentale. Se ti conoscono, quando arriva il momento sono dalla tua parte per aiutarti.

Le quattro infermiere hanno seguito il percorso formativo con scrupolo e hanno conseguito il diploma. La cosa più bella di questa faccenda è che hanno fatto fruttare in Pakistan le competenze che avevano acquisito da noi: due di loro hanno ottenuto di poter aprire un reparto di terapia intensiva con otto posti letto nella clinica dove lavoravano, in una cittadina non lontana da Lahore. È un segnale molto importante di emancipazione femminile: queste donne, al di là della loro debolezza di superficie, della loro ingenuità quasi infantile, sono quattro professioniste estremamente determinate, perché sanno in che Paese vivono: un Paese in cui, se non riescono ad emergere in qualche modo dalla norma, la loro vita può essere molto dura. Invece, se hanno un'attività o una competenza specialistica, possono guadagnare e quindi essere considerate diversamente.

Così, possono difendersi.

Dopo le infermiere, i pakistani ci hanno chiesto di continuare lungo la strada dell'alta formazione, che in Pakistan purtroppo scarseggia: fino a qualche anno fa in tutto il Paese c'erano solo cinquanta chirurghi plastici. Così abbiamo pensato di organizzare un altro master di formazione per personale infermieristico e medico.

Il progetto coinvolgeva l'Università e l'Ospedale di Udine, ed era rivolto a chirurghi e infermiere già formati presso l'Università di Multan. Ricordo che stendemmo il piano di studi sul tavolo della mia cucina; i vari corsi preparavano alla gestione di un centro ustioni: chirurgia plastica e microchirurgia per i medici, terapia intensiva, emergenza e pronto soccorso per le infermiere.

Sarò sincero: il fatto che oltre alle infermiere stavolta ci fossero anche dei medici ha reso tutto più complicato. Come ho detto, i dottori sono molto classisti e non amano mescolarsi con i paramedici; per non parlare del fatto che "l'uomo è uomo e la donna è donna", anche se sono costretti a stare vicini per questioni di lavoro. Questa cosa è radicata nella loro mentalità, e i loro comportamenti si adeguano di conseguenza.

Perciò, abbiamo predisposto viaggi, alloggi e mezzi di trasporto separati. Se ne occupava Daniela, che è donna anche lei e quindi ha dovuto assistere all'incuria a cui i dottori maschi erano abituati in Pakistan – e non di rado è dovuta intervenire personalmente: le loro stanze erano un disastro, c'erano panni sporchi per terra, gli interruttori erano stati divelti per alimentare direttamente i caricabatterie dei cellulari, senza adattatore. L'appartamento delle infermiere era più ordinato, anche se le ragazze non sapevano usare la macchina del gas e hanno finito per bruciare le padelle.

Comunque, il punto è un altro. Alla fine del master, una volta tornati in Pakistan, alcuni dei medici hanno aperto degli ambulatori e oggi lavorano a pieno ritmo; altri hanno assunto posti di dirigenza all'Ospedale di Multan. Potevamo dirci soddisfatti.

Ma, in realtà, il problema era a monte.

In Pakistan la sanità pubblica è, diciamo così, discutibile: gli ospedali cosiddetti civili sono delle catacombe. Le cliniche private, invece, dispongono di strutture, di personale e di medici di alto livello. Spesso sono gli stessi medici che lavorano negli ospedali civili, e che si fanno pagare più degli altri nelle strutture private – ma del resto, questo succede anche da noi, sebbene con meno sfacciataggine.

Io ho visitato una sola volta un ospedale civile, a Lahore; era l'epoca del regime di Musharraf. Va detto: il pronto soccorso c'è anche in queste strutture. Ma, una volta ricevute le prime cure d'emergenza, per essere seguiti bisogna pagare. I pazienti non comprano le prestazioni dei medici, ma devono acquistare i farmaci, compresi gli antibiotici, e l'acqua sterile nelle bottiglie sigillate. Non mi è sembrato che ci fosse alcuna solidarietà verso i pazienti, che sono generalmente poverissimi. So di persone acidificate che hanno dovuto vendersi la casa per potersi permettere degli interventi ricostruttivi.

Non che io abbia mai preteso di intervenire nel sistema sanitario pakistano: sono ambizioso e cocciuto, lo ammetto, ma non così tanto. Però, non nego di aver desiderato una situazione migliore per quelle persone, per tutti quei bambini che restano zoppi a vita perché nessuno li cura dopo una banale frattura.

Mi dispiaceva, ma che potevamo farci? Che altro potevamo fare, oltre a formare gli infermieri e andare a operare in Pakistan ogni volta che le ferie ce lo permettevano?

Solo che, un giorno, Daniela viene a trovarmi nel mio studio con un fascicolo di fogli tra le mani.

«Non possiamo non farlo» mi dice, posandomeli davanti.

Sul primo foglio, in alto e al centro, era stampato il simbolo della Repubblica Italiana.

Stavamo per imbarcarci in un'impresa più grande di noi.

Zayna

La tenda che separa la cucina dall'angolo del materasso è tirata. Fatima ignora per un momento il ribollire del riso e tende l'orecchio verso la tenda.

Silenzio. Deve essersi addormentata.

La madre controlla la finestrella che dà sul cortile, ma è già aperta al massimo. Allora sventaglia i vapori accompagnandoli verso l'esterno, perché non si diffondano nella stanza e non scivolino oltre la tenda.

Perché non raggiungano le piaghe di sua figlia.

Dietro la tenda, la ragazzina sta trattenendo il fiato. Ha capito ormai che, se raziona l'aria nei polmoni, il nuovo assetto del suo corpo pulsa di meno.

Il problema sono i risvegli. Qualcosa nel suo sonno si ribella ancora: e anche se ormai la ragazzina non si sveglia più di tre o quattro volte per notte, è sempre con uno spasmo, uno strappo involontario nelle cicatrici che la sua pelle sta tessendo con pazienza. Ogni volta è una nuova goccia di sangue che stilla sul lenzuolo dai gomiti, dalle ascelle, dal torace, dalla gola. Ma il suo corpo è giovane, e vuole andare avanti: quindi, ogni volta la sua pelle si intestardisce, si richiude e avanza un altro po'.

Ma anche i suoi nervi sono giovani, e il dolore a ogni strappo è lancinante; così convincente da persuaderla a muoversi sempre meno – a restare immobile, dove non era quando ha ricevuto quell'acqua sul petto: al suo posto.

«Sono qui per una denuncia».

Il poliziotto fa accomodare Mohammad davanti alla sua scrivania. Il ventilatore appeso al soffitto gira lento e rumoroso, e rimescola un'aria densa di fumo e di quel vapore unto che sale dalla pelle quando si è a disagio.

Il padre delle gemelle è solo. È venuto fino a Lahore per raccontare quello che Azeema gli ha giurato dieci, venti volte sul Corano. Mohammad non ha dormito per giorni, immaginando le figlie sulla strada di casa e, di fronte a loro, il cugino con un barattolo di acido dietro la schiena.

Il poliziotto annota le generalità di Mohammad e poi ascolta la sua denuncia, ma la penna gli cade presto dalle mani.

«Testimoni?».

«La sorella, Azeema».

«Anni?».

«Sono gemelle, come ho detto».

Il poliziotto alza un sopracciglio. Mohammad si torce le mani.

«Tredici anni».

«E a parte lei?».

«Sabira Koufar, una contadina del villaggio. Lo ha visto camminare con loro».

«Mhm. Altri?».

Mohammad deve scuotere la testa. Il poliziotto si appoggia allo schienale della sedia.

«Poi?».

«Sono rientrate».

«Subito?».

Mohammad esita.

«Quindi» conclude il poliziotto, «sono rimaste fuori tutto il pomeriggio. Da sole».

Un lungo silenzio. Alla fine, il poliziotto gli fa cenno di continuare.

«L'abbiamo portata all'ospedale, ma l'hanno dimessa presto».

Il poliziotto studia Mohammad: i suoi capelli, i suoi vestiti, le sue unghie.

«O meglio» indovina, «l'avete riportata a casa».

Mohammad abbassa la testa. Il poliziotto scorre il foglio con la denuncia incompleta.

«Senza testimoni è tutto più difficile» è il verdetto. «E poi, viste le spese già affrontate all'ospedale...».

Mohammad non lo lascia finire. Si alza, saluta, se ne va.

Quando Mohammad arriva davanti casa, dall'altro lato della strada c'è di nuovo il cugino.

Si sono già visti molte volte, al campo di girasoli, dopo la dimissione dall'ospedale. Hanno lavorato fianco a fianco senza mai rompere il silenzio.

Perché da un lato il padre delle gemelle vuole credere ai giuramenti di Azeema, e alle piaghe dell'altra sua figlia; ma, dall'altro lato, c'è un uomo. Un giovane uomo a cui Mohammad ha insegnato un mestiere, con cui condivide le fatiche dei campi e che, tutto sommato, non ritiene indegno di fiducia.

Un uomo che tempo fa gli ha chiesto la mano di Azeema, e non della sua gemella.

Mohammad si era preso del tempo per pensarci: forse troppo.

Non è la prima volta che il cugino si avvicina alla casa, dopo quello che è successo; Fatima lo ha visto spesso. Non arriva a bussare ma resta lì, in mezzo alla polvere della strada; si ferma in ascolto verso la finestrella della cucina, e poi se ne va.

Questa volta, di ritorno dalla polizia, Mohammad gli va incontro e lo fronteggia.

«Passavo di qua», lo saluta il cugino.

«Fermati a cena» lo provoca Mohammad, e intanto lo scruta: «ad Azeema farà piacere».

Il cugino freme e guarda lontano.

«O magari, a sua sorella» incalza Mohammad, cercandogli lo sguardo. Il cugino si prende tempo, poi si volta a guardarlo negli occhi.

«Un'altra volta, volentieri».

«Forse non ci saranno altre volte».

Se non mi chiede perché, decide Mohammad, allora è stato lui.

Quella sera, il padre delle gemelle prende una decisione.

Brucia i suoi abiti da lavoro nella stufa a cherosene; poi si avvicina al tavolo delle pietre, dove Fatima e Azeema lavorano anche parte della notte, da quando la terza sedia è rimasta vuota. Il padre chiude gli occhi e raduna le forze, prima di spazzare con l'avambraccio una buona metà del tavolo. Ammucchia le pietre in un coloratissimo cumulo, sotto gli occhi increduli delle due artigiane; poi va ad aprire la tenda della cucina e, lentamente, cercando di non farle male, raccoglie l'altra figlia e la distende sulla porzione di tavolo che ha appena liberato. Infine, l'uomo si siede sulla sedia vuota e guarda con apprensione il tumulo di pietre colorate.

«Che devo fare?», le chiede, pianissimo.

Più tardi, quando Mohammad la adagia di nuovo sul materasso dietro la tenda, coprendole col lenzuolo le braccia inchiodate al petto, qualcosa nella ragazzina rimonta e decresce, come una risacca. È la nostalgia fisica di non potersi più appoggiare a uno schienale, di non poter piantare i gomiti su un tavolo, di non poter stendere le dita verso una pietra un po' più lontana. È l'insofferenza di vedersi sempre le mani, di conoscerne a memoria le linee, di sentirsele infine estranee, come le parole ripetute tante volte; è la fretta innaturale di vederle cambiare, o di non vederle più.

È l'invadenza ingombrante di un corpo che non si lascia governare; ma è anche il solletico viscido nel petto di quando si viene trasferite di peso su un gradino più in alto, o più in basso. È la fitta secca che si sente nel diaframma quando si trova il proprio posto occupato. È il battito perso del cuore quando si riceve una proposta che non è una vera domanda.

È il crampo, sordo e continuo, di quando si è costrette in una posa di difesa.

Da sotto il materasso sporge un lembo di carta. Con una fatica che le costa uno strappo sotto il mento e due lacerazioni agli avambracci, la ragazzina estrae il foglio su cui per mesi ha disegnato il suo bracciale di nozze, e lo guarda dalla distanza ravvicinata che ormai le impone il dolore.

Pensava di ritrovarlo più armonioso; perfettibile, ma già maturo. E invece l'ingenuità ne impoverisce il valore, i dubbi ne interrompono la grazia, le cancellature ne sbavano le linee.

La ragazzina si stringe forte in posizione fetale, e strappa il suo disegno in mille minuscole minuzie.

Azeema ha passato i primi mesi dopo l'ospedale accanto alla sorella. L'ha pulita e cambiata quando, una volta al mese, la gemella ha avuto il suo sangue – mentre quello di Azeema, invece, continua a farsi attendere. Ha imparato a drappeggiarle il chador che lei stessa non deve ancora indossare. Ha creduto di sentire nella carne il dolore di cui sua sorella quasi non si lamenta più – non ne ha la forza. Da quando la gemella ha preso a tenere la bocca aperta, per poter alzare un po' la testa senza staccare il mento dal petto, Azeema si occupa di pulirle la saliva che le cola sul mento.

Ma, soprattutto, ha sopportato a lungo lo sguardo muto e avido della gemella sulle forme che cominciano a fiorirle addosso. Si è sentita come uno specchio: una superficie fredda e impietosa, suo malgrado. Allora ha iniziato a non curarsi più, a lasciare a lungo i capelli raccolti e unti, a scegliere i vestiti più informi e abusati, ad assumere una postura un po' più sobria, incurvata, sottomessa. A circoscrivere i gesti in uno spazio meno ampio.

La sera in cui Azeema trova sul materasso quelle strane molliche, un disgusto colpevole le strazia lo stomaco. Il pensiero che la ingabbia da mesi – «Io gli ho detto no, e lui ha punito lei» – esplode nella sua testa e le impedisce di coricarsi accanto a sua sorella. Allora, Azeema esce dalla tenda e scappa fuori, in cortile: apre le braccia, dispiega il torace più che può e respira forte, a fondo, a lungo.

Da quella sera, Azeema stende un tappetino sotto il tavolo della cucina, in modo da sorvegliare a distanza la fessura tra la tenda e il suolo.

E dorme: profondamente, ininterrottamente, per la prima volta da mesi.

***

La ragazzina passa sempre più tempo dietro la tenda, e i suoi occhi si fanno acquosi e spenti come due piccoli stagni. Il suo corpo si riorganizza anche al di là delle piaghe, lontano dalle cicatrici, a cominciare dalla curva della schiena: le ossa, piegate per evitare il dolore al torace, non cessano di bruciarle dalla nuca al bacino. I suoi movimenti si limitano a un lentissimo riaggiustamento di fibre, e solo se necessario per la respirazione, per l'ingestione delle pappe, per l'evacuazione dei rifiuti: per l'esistenza biologica. Il suo nome smette di insistere nei sussurri della famiglia, che però non la abbandona, ma la protegge: dalle voci esterne, dalla curiosità, dalla vista.

Poi, dopo due anni, quando in lei non è rimasta alcuna traccia di giovinezza, un uomo bussa alla porta di casa.

La sfida

Bepi

Dopo l'esperienza dei due master a Udine, il problema restava quello dei viaggi da e per il Pakistan: visti e permessi, tempi morti per i voli, scorta di sicurezza, spese superflue sottratte al budget delle cure. Era ormai chiaro che dovevamo sviluppare il progetto in proiezione, sia per il futuro dei pakistani sia per non limitare la nostra attività a un continuo andirivieni. Non che iniziassi a essere stanco, ma la faccenda era limitante e complicata.

E poi, diciamolo. Io all'epoca avevo tre settimane di ferie l'anno: almeno una dovevo dedicarla a mio figlio Paolo, perché non dimenticasse la mia faccia.

La prima soluzione furono le videoconferenze: una tecnologia efficace per comunicare con il Pakistan, operare a distanza, dare consigli durante gli interventi e impartire lezioni di chirurgia in tempo reale. Abbiamo ottenuto i fondi dalla regione Friuli Venezia Giulia e gli spazi dall'Ospedale di Udine, che proprio all'epoca stava diventando policlinico universitario; abbiamo messo in contatto i responsabili tecnici dell'ospedale con i medici pakistani; abbiamo comprato, spedito e fatto installare dal dottor Naheed Ahmed le attrezzature necessarie: telecamere medicali, radiomicrofoni e una stazione per la regia audio e video. Importante è stata anche la collaborazione con il professor Pier Camillo Parodi, che si è interessato personalmente della realizzazione di questo progetto dopo essere stato più volte con me in Pakistan.

La prima videoconferenza si è svolta nel dicembre 2010. Abbiamo acceso un monitor nella sala convegni dell'Università di Udine e un altro in quella di Multan. Per la prima lezione-operazione, abbiamo scelto il caso di una ragazza di trent'anni che aveva cicatrici da acidificazione nella regione cervico-facciale e toracica.

Era colpevole di aver accettato un lavoro che dispiaceva a suo marito.

La diretta prevedeva il posizionamento di espansori tissutali e una lezione sull'anatomia della cute e sulla fisiologia della cicatrizzazione.

Ma la vera soluzione era un'altra, e stava scritta nel documento che Daniela aveva posato con decisione sulla mia scrivania.

«Guarda cosa ha mandato Clarice» mi ha detto. «Dobbiamo provarci».

Era il bando per la riconversione di un debito pakistano nei confronti dell'Italia. In sintesi, il nostro Paese abbuonava il debito al Pakistan, purché usasse i soldi per realizzare opere utili.

E si trattava di centinaia di milioni.

L'avviso era stato pubblicato solo in Pakistan. Per fortuna, il fratello di Masarrat era inserito in politica; ci ha trasmesso l'avviso e fornito i dettagli delle destinazioni dei fondi: una parte del debito doveva essere destinata a opere pubbliche, un'altra parte a opere umanitarie. I promotori del bando erano il governo italiano e quello pakistano; in particolare, il ministero degli esteri italiano e la nostra ambasciata a Islamabad avevano il compito di seguire il percorso di questi fondi statali.

«Non ti pare un po' sproporzionato?».

Di più: sembrava una follia. Innanzitutto, era una faccenda troppo grande per una piccola ONLUS friulana che, sì, aveva smosso delle cose importanti, ma non aveva una struttura in grado di reggere il peso di un tale impegno. E poi, anche ammesso che fossimo riusciti nell'impresa, il Pakistan è, oltre che molto lontano, un Paese complicatissimo: Stato musulmano per costituzione e vocazione, è in fase di crescita a livello sociale ed economico, ma i cambiamenti sono tuttora visti con occhio critico a causa della cultura ancestrale della popolazione e della onnipresente Shari'a, la Legge di Dio non scritta ma trasmessa dagli eletti: una cosa che impone una serie di vincoli e di difficoltà a volte insormontabili.

«Come fai a pensare che laggiù questa cosa possa finire bene?», mi ostinavo.

Ma il fatto è che, quando sei immerso nel cuore di un problema, ti vengono delle gran belle idee. Io già da un po' sognavo una struttura in cui la nostra attività di cura e di recupero delle vittime di acidificazione potesse andare avanti indipendentemente da noi, dalla nostra spinta, dalla nostra presenza.

Eravamo al nostro bivio più importante. «E se questa fosse l'occasione buona?», ha insistito Daniela.

L'idea ha iniziato a solleticarmi. Così, insieme all'ingegner Francesco Sbuelz, abbiamo immaginato una "clinica del sorriso": un ospedale aperto, gratuito, innovativo, un luogo sicuro per le donne sfregiate, perseguitate e marchiate a vita.

Un luogo che, se il mondo fosse più giusto, non avrebbe ragione di esistere.

Abbiamo deciso di buttare giù il progetto; l'abbiamo disegnato e perfezionato nel dettaglio, abbiamo contattato i funzionari dell'ambasciata che erano addetti alla redistribuzione di questi soldi, e abbiamo presentato la nostra proposta.

C'era anche un mio carissimo amico, Renato: quasi un fratello per me. Mi ha sostenuto in modo disinteressato, dandomi un aiuto fondamentale nel momento delle discussioni per la progettazione, nel coordinamento dei vari passaggi e poi nelle relazioni con le istituzioni. Abbiamo condiviso momenti belli e momenti difficili; e, per come sono andate poi le cose, rimpiangerò sempre che non sia stato lì quando il progetto è andato in porto.

Io stentavo a crederci, Daniela invece no: era come se se lo aspettasse. Fatto sta che la clinica del sorriso ha vinto il bando: terza in assoluto, e prima nella sezione "Opere umanitarie".

«Ora devono solo costruirlo», ho annunciato a mia madre, e un po' scherzavo e un po' ci speravo mentre attendevo la sua reazione, che non poteva che essere di orgoglio.

E invece: «Non ti affezionare all'idea», mi ha detto. Era una donna saggia. E non si preoccupava tanto per i pakistani: mia madre si preoccupava per me.

Perché, in effetti, dopo la vittoria sono cominciati i problemi.

«Dottor Losasso, una chiamata urgente per lei».

Era l'interfono della sala operatoria di Udine.

Quando ho finito l'intervento, ho richiamato l'ambasciata di Islamabad. Avevo il contatto diretto con uno dei funzionari che avevano in carico il nostro progetto, e lui mi dava dei consigli per gestire la faccenda in Pakistan.

Quel giorno, il funzionario mi ha detto: «La clinica del sorriso non si può fare».

«Si deve fare eccome» ho risposto, «ha vinto il bando!».

«Sì, e poi? Ve ne occupate voi?».

Non capivo da che parte stava.

«Avete immaginato una bella opera di ingegneria medica, ma non avete il personale che segua il lavoro di costruzione».

«Contavamo su di voi, per questo».

«E poi, se pure la clinica venisse ultimata», ha continuato, «chi pagherà per mantenerla gratuita?».

C'erano cose che non mi poteva dire: in particolare, tutte le manovre occulte perché i fondi del vecchio debito migrassero su altri "progetti", si disperdessero, sparissero.

«È vero» ha ammesso, «la clinica del sorriso ha vinto il bando. Ma se non la si progetta in prospettiva, rischiamo che boccino il progetto e che si tengano i soldi».

Eccome, se mi ero affezionato all'idea. E quell'idea stava per svanire nelle tasche di qualche politico corrotto.

«Una soluzione ci sarebbe» mi ha detto alla fine il funzionario. «Ripensare la clinica e farne una struttura per tutti i cittadini».

Eccolo qui, il problema: noi volevamo creare una struttura gratuita per le donne acidificate, costruita apposta per loro. E avevamo ottenuto i soldi che ci volevano per realizzarla. Ma una casa per sole donne era un sogno troppo ardito, e il Pakistan, pur trovandosela bella e pronta sul suo territorio, non sarebbe intervenuto a mantenerla.

Chissà: forse non l'avrebbe neanche aperta.

«La soluzione è una struttura scelta dai pakistani: un centro ustioni. È l'unico modo perché lo Stato se ne faccia carico. Ci rifletta e mi faccia sapere».

Io ci ho pensato, eccome: all'incirca per quattro secondi.

«Va bene» ho risposto, prima che riagganciasse.

Se devo fare qualcosa, ho pensato in quei quattro secondi, tanto vale fare qualcosa che serva a tutti, e non solo alle donne acidificate.

«Ne parlo anche con gli altri» ho aggiunto, «ma per me il centro ustioni va benissimo. A una condizione, però: *Smileagain* deve avere il suo spazio per operare. Abbiamo vinto un bando sulla base di un progetto, e non di chiacchiere. Modifichiamo pure il progetto, ma *Smileagain* resta dentro».

«Siamo intesi».

Ho riappeso, ed ero al settimo cielo. Il centro ustioni mi sembrava una conquista ancora più grande. Ho dato mandato all'ingegner Sbuelz di trasformare la clinica del sorriso, siamo andati tante volte a incontrare i pakistani per capire come modificare l'idea originaria, e insieme abbiamo scelto una struttura esistente, un bellissimo e fatiscente edificio vicino al polo universitario di Multan. L'idea era di ristrutturarlo e di metterci dentro almeno quattro sale operatorie, dieci posti di terapia intensiva, novanta posti letto in corsia. Il tutto completamente a carico dello Stato, come dovrebbe essere in ogni Paese attento al benessere dei suoi cittadini.

Abbiamo prodotto chili di carta per cambiare il progetto, ma ogni goccia di inchiostro è valsa la pena.

Venerdì 13 aprile 2012: una data importantissima per *Smileagain*.

Quel giorno, a Multan, è stata apposta la firma in calce a un progetto che sapeva di "fantastico e di assolutamente nuovo", come lo hanno definito l'Ambasciatore italiano e il Primo Ministro pakistano.

Fantastico, perché il progetto del centro ustioni ha ricevuto alla fine la piena approvazione del governo pakistano, che si è impegnato a impiegare i fondi del vecchio debito non solo per la costruzione del centro, ma anche per la gestione e il mantenimento della struttura ospedaliera. Assolutamente nuovo, perché per la prima volta un progetto intergovernativo ha preso le mosse dall'impegno di una piccola associazione umanitaria.

Quel giorno, *Smileagain* ha posato una pietra storica in Pakistan, vincendo una battaglia importante non solo contro la violenza gratuita, inaudita e barbara dell'acidificazione, ma anche contro l'incuria per la sofferenza altrui.

Peccato che poi sono arrivati i soldi, e con i soldi sono spuntati i casini.

Questa è la parte più triste di tutta la storia.

C'erano tante teste che ragionavano sullo stesso progetto. Innanzitutto, l'Università: volevano l'esclusiva del personale. Da un lato io ero d'accordo – in fondo si trattava per lo più dei medici e delle infermiere che avevamo formato a Udine – ma qualcosa mi diceva che dovevamo stare all'erta, per non finire estromessi dalla nostra stessa creatura.

In secondo luogo, i lavori di ristrutturazione. All'inizio abbiamo lasciato fare tutto all'ingegnere con cui avevamo disegnato il progetto, indicandogli i materiali secondo noi più adatti. Ecco: noi volevamo attrezzature di fabbricazione tedesca, mentre i pakistani insistevano per prendere roba americana. C'era una baruffa al giorno perché le nostre proposte valevano di più – cioè, costavano di più –, e loro invece volevano mantenere un margine. Detto altrimenti, volevano farci la cresta.

Poi, quando finalmente pensavamo di aver trovato un accordo sui materiali, sono iniziati i problemi con i fornitori. Come accade in Italia, del resto, ogni volta che ci sono di mezzo dei soldi pubblici destinati a grandi opere.

Solo che noi eravamo a seimila chilometri di distanza dalla nostra grande opera.

Finché, a un certo punto, le notizie hanno cominciato a farsi sempre più rare. Da Multan ci dicevano che stavano continuando a costruire, ma io non mi fidavo più. Siamo andati a vedere, e c'era ancora poco o nulla, a parte un enorme cantiere in un edificio sventrato. Da quel momento in poi, l'ambasciatore ha iniziato a temporeggiare, poi a farsi negare, e infine a ignorare le nostre domande. Nessuno sapeva dirci di più – nessuno voleva dirci di più –, e siamo stati costretti a segnalare la faccenda alla Farnesina.

Tutto inutile.

E, alla fine, il blackout. Un intero anno di silenzio: dal ministero, dall'ambasciata, dall'ospedale.

«E adesso, cosa facciamo?», mi chiedeva Daniela.

Io non sapevo cosa rispondere.

Zayna

«E adesso, cosa facciamo?». Da quando quell'uomo ha bussato alla loro porta, Mohammad e Fatima si tormentano con questa domanda.

Non erano pronti a quella possibilità. Anzi; avevano trovato un equilibrio un po' asimmetrico, una forma accettabile di rassegnazione nell'assetto forzato della loro famiglia: un padre, uno zio, una madre e una figlia divisa in due, metà visibile e metà nascosta, metà colpevole e metà punita. Il loro affetto deluso ha trovato una compensazione nella cura, nell'espiazione, nella segretezza. Nell'immutabilità delle nuove abitudini.

A turno, i membri della famiglia scostano la tenda della cucina per nutrire la figlia segnata, per pulirla, per scambiare un po' di silenzio con lei; ma c'è solo una persona che la ragazzina vorrebbe vedere, ed è Benazir. Ha chiesto di lei tante volte negli ultimi mesi, e tante volte le hanno promesso che la sorella maggiore stava per arrivare; poi, però, alla vigilia della visita, Azeema andava a mormorarle una scusa irrinunciabile per l'assenza di Benazir. Una volta è stato un viaggio di suo marito; poi le nozze di due amici di Haleem a Karachi; e ancora, un misterioso accertamento medico per uno dei due sposi, di cui la ragazzina non ha avuto neanche la forza di inquietarsi – perché preoccuparsi per gli altri è una cosa attiva, viva, e richiede uno sforzo fisico di cui lei, prima, non si accorgeva nemmeno.

Finché, quel giorno, anche lei ha sentito bussare alla porta e ha ascoltato la voce grave e risoluta di quell'uomo.

E ha capito che le cose, di nuovo, per forza, devono cambiare.

È quasi sera; Mohammad è seduto al tavolo delle pietre di fronte a sua moglie Fatima. In cucina, Azeema è stesa sul suo materassino, con le mani dietro la nuca e gli occhi sbarrati nel buio; dietro la tenda, la gemella tende le orecchie più che può, le dita sempre strette davanti al mento.

«Non sappiamo niente di lui», osa ripetere Fatima, per la terza volta in un'ora.

«Non può spuntare dal nulla» risponde Mohammad a quell'obiezione che tortura anche lui. «Hasan troverà qualcosa».

La madre delle gemelle tenta invano di annodare i capi di una collanina, poi desiste. «Non mi piace», mormora.

«Non ricapiterà» insiste Mohammad.

«Non lo puoi sapere» ribatte Fatima.

«Lo so, invece!», esclama il padre. «La voce si è sparsa».

Tacciono. Poi Fatima riprende, a voce più bassa e tuttavia decisa: «Ma non è Azeema ad essere...».

«Non cambia molto» taglia Mohammad.

«Cambia tutto!» protesta la madre. «E poi, *lei* non meritava...».

Mohammad batte il pugno sul tavolo, facendo saltellare all'unisono le pietre.

«Non importa! Lei, Azeema, tu, io: siamo tutti marchiati! Persino Benazir che vive lontano!».

Cade il silenzio. Senza accorgersene, Mohammad tormenta con le dita due pietruzze rosse.

«Tu vuoi mandarla via» soffia Fatima, spossata. «Vuoi dare via Azeema perché quella volta ha detto un no».

«Ma se ora noi ne diciamo un altro» ribatte Mohammad con voce strozzata, «quell'uomo che cosa può farle?».

La risposta di Hasan non tarda. L'uomo che ha chiesto la mano di Azeema si chiama Farooq: è un commerciante di Islamabad che vuole stabilirsi a Lahore. Ha diciott'anni più della ragazza e un progetto chiaro in testa; e la sua proposta – la sua pazienza – ha una scadenza ravvicinata.

«Cercava un locale in affitto nel quartiere, ed è passato per il mercato», racconta lo zio, raccogliendo nel cesto i bracciali nuovi. «Era quel giorno che Azeema era con me, ricordate? È lì che l'ha vista».

Mohammad guarda la moglie ma non aggiunge altro. È stata lei a insistere perché Azeema accompagnasse lo zio in città: per una giornata diversa, per cambiare un po' aria, perché almeno lei respirasse per qualche ora. E tuttavia è lui, alla fine, che ha acconsentito.

«Perché viene via dalla capitale?» domanda Fatima, diffidente. «Che cosa lascia, lì?».

«Questo non lo so» risponde Hasan. «Ma se noi non sappiamo molto di lui, forse neanche lui sa molto di noi».

Forse, intende lo zio, quell'uomo non sa ancora di *lei*.

«E per ora è meglio così» mormora Mohammad. «Potrebbe tirarsi indietro».

Proprio allora gli adulti si accorgono che sulla soglia è comparsa Azeema.

«Non abbiamo finito» le intima il padre, senza guardarla.

Eppure, la figlia non se ne va. Non parla, ma non si stacca dall'uscio.

«Torna in cucina» la avverte Mohammad.

Azeema non si muove. Vorrebbe parlare, ma non le riesce più come una volta. Per due anni si è ripetuta le stesse cose – io, no, lui, lei – e quei pensieri inconfessabili le hanno incatenato la lingua fino a fare della sua volontà uno specchio della sua gemella.

Immobile.

«Azeema!», esplode suo padre, alzandosi.

Però, una cosa Azeema può ancora concedersela. Può staccare il mento dal petto e guardare in alto, verso il padre che l'ha raggiunta sulla soglia; può fissarlo forte negli occhi, e sperare in una punizione.

«Torna di là» ripete Mohammad. Ma lei non obbedisce, non si scosta, non si ripara nemmeno, e questo ferma la mano di Mohammad prima ancora che possa colpirla.

Silenzio. La mano del padre si posa sulla spalla della figlia e la fa voltare verso la cucina.

«Va' da lei, Azeema».

Azeema si stende accanto a sua sorella. Sa che è sveglia e che ha sentito tutto; ma neanche con lei riesce più a parlare – non riesce più a sentirla come prima.

Io, no, lui, lei.

Io, no, lui, lei.

Io, no, lui, lei.

Lentamente, Azeema comincia a colpirsi: degli schiaffi lenti e precisi sulle guance.

E ogni schiaffo è una delle sue parole segrete: io, no, lui, lei.

Ha il viso in fiamme, eppure questo non la calma.

Io, no, lui, lei.

È sua sorella, invece, a fermarla.

Le è costato uno sforzo dolorosissimo, avanzare sul materasso con il bacino secco e i femori svuotati, smuovere la gobba della schiena puntando nella stoffa le spalle puntute e le ossa delle ginocchia, facendo stridere la pelle nuova delle cicatrici fino a raggiungere un braccio di Azeema con entrambe le mani.

«No», le sussurra, e con gli occhi aggiunge: non serve e non è giusto. Sta a me, perché non ero al mio posto: questo dolore, quindi, sta a me. È una cosa tutta mia, che non è successa a te – è una cosa da cui io ti ho salvata.

Azeema si aggrappa alla gemella, e tutto quello che le legge negli occhi è: ti prego, non togliermi anche questo.

E forse, capisce Azeema raccogliendole i capelli dietro un orecchio, è proprio questo che lei stessa aspetta da due anni: una punizione, un risarcimento.

Un castigo, una via di fuga.

«Devo sposarlo, vero?».

Bepi

Quand'ero bambino – un bambino terrone, immigrato dal Molise per il trasferimento di mio padre –, a Tolmezzo giocavo da solo. Per trovare qualcuno che passasse un po' di tempo con me, dovevo andare alla caserma della Guardia di Finanza, perché gli unici che mi facevano giocare erano i colleghi di mio padre.

Quel bambino mi è tornato spesso in mente, durante il lungo silenzio di Multan. Clarice aveva abbandonato dopo il suicidio di Fakhra, e anche Masarrat era andata per la sua strada, aprendo la sua fondazione a Lahore. Era finita persino con il mio amico Renato, che è stato al mio fianco finché l'impresa del centro ustioni non si è inceppata.

C'era ancora Daniela, ma eravamo rimasti soli.

«Aspettiamo tutti te».

«Non insistere, Daniela. Io non vengo».

Aveva organizzato una tavola rotonda al Teatro Nuovo Giovanni da Udine: era convinta che parlando pubblicamente di quello che stavamo facendo a Multan – e quindi, anche di quello che non stavamo riuscendo a fare – avremmo in qualche modo sbloccato la situazione.

«Parlare non serve a niente», gridavo. «Come può cambiare qualcosa, da qui?».

C'era una sola cosa da fare: tentare un ultimo viaggio in Pakistan e, una volta lì, montare un casino incredibile.

In altri tempi, non avrei esitato a salire sul primo aereo per Multan; ma, dopo un anno di domande inevase, di pressioni inascoltate tramite i canali ufficiali e di avvertimenti ignorati tramite i canali ufficiosi, cominciavo a perdere le speranze. E quando mi scoraggio e decido di chiudere, nulla può farmi cambiare idea.

«Non puoi andarci, per ora» mi diceva Daniela al telefono. «Niente ambasciata, niente scorta. Vieni al teatro, piuttosto».

«E che vengo a dire? Che non siamo degni di una mail di risposta? Che abbiamo alzato troppo il tiro? Che alla fine ho fallito tutto?».

Daniela ha inspirato forte nella cornetta. Quella notte, per l'ansia e la stanchezza, non aveva chiuso occhio.

«Nessuno può negare le difficoltà che stai attraversando, Bepi. Ma nemmeno quello che hai già fatto».

«Lo fanno apposta. Non vogliono finirlo, quell'ospedale. Vedrai che lo lasciano così: interrotto, in agonia. Sarà come... come un marchio d'infamia».

«Tu non stai parlando del cantiere. Vero?».

«Annulla tutto, Daniela. Le cose non cambiano».

«Non puoi pensare di salvarle tutte».

Silenzio. Poi, Daniela ha aggiunto: «È così, Bepi. Ma se ci fosse...».

«Lasciamo perdere» l'ho interrotta.

Lei ha insistito: «Se ci fosse un'altra Iram, da qualche parte? Un'altra sola. La lasceresti perdere?».

Quando il bambino immigrato a Tolmezzo è cresciuto ed è diventato un friulano a tutti gli effetti, finalmente ha capito la radice della sua solitudine.

Il friulano è lo *sfigato*. È quello che storicamente è stato vessato dalle invasioni, e ha finito per chiudersi in sé stesso. Per questo non ama gli immigrati e i meridionali (perché gli ricordano com'è); per questo ha il pallino della protezione e il valore più importante, per lui, è la casa che lo difende.

Per un po' ho creduto di sfuggire a questo destino, grazie a *Smileagain*. Ho pensato di potermi disegnare come avevo disegnato quella clinica del sorriso; di potermi dare una faccia a immagine e somiglianza di quello che volevo essere. Ma quando le cose vanno male, uno torna a essere semplicemente quello che è: e io ero spaccato in due.

Ero un po' friulano e un po' terrone, così mi sono rifugiato da mia madre. Lei mi aveva avvertito, di non farci la bocca: che l'idea di un centro ustioni gratuito in uno Stato musulmano lontano seimila chilometri era più grande di me – anche se non aveva usato queste parole. Anche se non mi ha mai rinfacciato un "Te lo avevo detto".

«Devo tornare laggiù» le ho confidato, «è l'unico modo».

Volevo sentirmi dire che era una cosa enorme: non solo più grande di me, ma più grande di chiunque altro. Anzi, no: volevo sentirmi dire che ce la potevo fare, che ne avevo già salvate tante e che, quindi, potevo continuare a farlo.

Lei si è seduta vicino a me.

«Se decidi di non andare» mi ha detto, «io ti perdono».

Ero un po' incazzato e un po' sollevato. Il problema restava: dovevo decidermi.

«Basta, Bepi. Chiudi il telefono e vieni in teatro», insisteva Daniela.

Ma io pensavo un po' al bambino di Tolmezzo e un po' a un altro bambino: il mio. Paolo stava crescendo, me ne accorgevo con chiarezza ogni volta che lo vedevo, e questo voleva dire una cosa sola: non lo vedevo abbastanza spesso.

Perché io, soprattutto, ero un po' padre e un po' no.

«Voglio vedere mio figlio».

«Adesso?!», ha esclamato Daniela. Subito dopo, lo so, dietro la cornetta si è morsa le labbra. Ma io, lì per lì, sono andato a fuoco.

«C'è solo una persona di cui dovrei occuparmi, e per colpa di questa storia la sto trascurando».

«Dico solo che...».

«Cosa? Che c'è gente che aspetta al teatro? Non mi interessa».

«Sono lì per te, però».

«Li ho chiamati io? No. Sei tu che hai insistito, e quindi te ne occupi tu».

Avrei voluto chiuderla a effetto e riattaccare, ma Daniela mi ha battuto sul tempo.

Ho chiamato a casa di Paolo, ma non ha risposto nessuno.

Alla fine ci sono andato, in quel teatro. Davanti a un pubblico che si aspettava chissà cosa, da me.

E mentre accendevo il microfono, ho pensato a tutto quello che *Smileagain* mi aveva tolto: le ore di sonno, i giorni di ferie, il tempo con Paolo. A tutto quello che mi aveva imposto: la vista della sofferenza, l'orrore della violenza, la potenza dell'ingiustizia.

«Questa sera» ho annunciato, «sono qui per chiudere *Smileagain*».

In sala, il silenzio è cambiato, ed è diventato come un coperchio pesantissimo.

C'erano persone, fra il pubblico, che erano venute a tutti

i nostri eventi, che indossavano le nostre magliette, che ci avevano donato dei soldi. Erano persone in cui si era aperta quella certa porticina che tutti abbiamo e che tutti, se vogliamo, possiamo aprire. Perché non posso pensare che ce l'ho solo io: se ce l'ho io, ce l'hanno tutti.

Davanti a quella gente che mi ascoltava – attenta, incredula, delusa –, ho pensato anche che *Smileagain* mi ha ribaltato la vita. Ora cerco qualcosa di più dalle persone: cerco quello che sta sotto la formalità. Mi piacciono di più i sinceri e i puri, perché è bello parlare con loro, senza paura di cosa si può o non si può dire. Ho capito che io sto bene quando mi si inumidiscono gli occhi.

Davanti a tutte quelle persone, ho ammesso di essere sull'orlo del fallimento. Mi ci è voluto più coraggio che per volare fino a Multan e girare senza scorta. Quelle persone lo hanno sentito e, quando ho spento il microfono, hanno applaudito. Daniela dal canto suo non mi ha detto nulla, ma non mi ha neanche insultato: l'ho preso come un segnale di tregua.

Qualche giorno dopo, la Farnesina ha riaperto i canali per i colloqui, l'ambasciatore ci ha risposto, e la situazione si è sbloccata.

Non me lo so spiegare. È come se dopo il mio annuncio in teatro fosse successo qualcosa che ha fatto ripartire tutto. Qualcosa come la storia di Abramo e Isacco, per dire: una specie di prova, o di miracolo.

Ma, anche se l'ambasciata aveva ripreso a scriverci, io non facevo che pensare a quel cantiere lasciato a metà. Se non ci avevano risposto per un anno, forse c'era qualcosa che non volevano dirci.

Così, un giorno dico a Daniela: «Io ci vado».

Lei si preoccupa di farmi avere i visti e mi prenota il volo. Diretto, senza scali, così devo sopportare un solo decollo.

«Prima o poi ci vengo anch'io», mi dice, sulla soglia dell'aeroporto. «Anzi, sai cosa? Mi organizzo il viaggio senza dirti niente e ci vediamo direttamente al centro ustioni. Così mi risparmio le tue lagne per il fastidio del volo».

Il suo modo di perdonarmi per la faccenda del teatro.

Ci salutiamo da buoni amici. Io entro in aeroporto per i controlli e tutta la burocrazia del caso; alla fine mi imbarco sull'aereo e, non appena mi siedo al mio posto, il comandante annuncia un ritardo di dieci minuti.

Proprio allora mi squilla il telefono: Daniela.

«Di' la verità» ho scherzato, «sei tu che hai fermato l'aereo. Hai deciso all'ultimo di salire sullo stesso».

«Bepi, è per tua mamma. L'hanno portata in ospedale.»

Se decidi di non andare, io ti perdono.

Mia madre mi aveva detto così, quando ne avevo bisogno. Mi aveva sollevato in un momento di sconforto, prendendosi la mia responsabilità di finirla lì.

Ma io ho deciso di partire e, mentre salivo sull'aereo, mia madre ha avuto un malore grave: ricoverata in un letto d'ospedale, rischiava di morire da sola mentre io operavo delle povere, anonime disgraziate a seimila chilometri di distanza.

L'aereo era ancora fermo sulla pista, e io ero di nuovo spaccato in due.

Zayna

La casa è colma di profumi: ogni invitata porta il suo, setoso come i drappi di un vestito. L'aria è fitta di strascichi: di sandalo, di curcuma, di spezie rare e segretissime.

E ogni profumo converge su Azeema. È lei la sposa, promessa a un uomo, Farooq, che l'ha scelta pur conoscendo il suo segreto. Promessa da una famiglia che gliene è riconoscente.

***

È stato Mohammad, alla fine, a confessare. Quando Farooq è tornato per la risposta e i due uomini si sono seduti al tavolo delle pietre, il padre ha enumerato le doti di Azeema, tenendo per ultima quella più preziosa: l'amore per la gemella segnata.

Farooq ha ascoltato in silenzio. Poi, sovrappensiero e senza chiedere il permesso, ha allineato alcune pietre davanti a sé, tenendone da parte una di onice, più irregolare di tutte, ma anche, nella sua nera lucentezza, più bella delle altre. Poi l'ha spostata al centro e l'ha circondata di pietre, colorate e avvinte come i petali di un boccio.

I preparativi delle nozze sono durati un anno. Azeema si è affidata al destino combinato dalla famiglia e ha finito per sentirsi guidata con prudenza, come su un cammino tracciato da pellegrini esperti. Del resto, le sono note tutte le buone ragioni di quel matrimonio: opportunità, tempestività, magnanimità. Tutto sembra suggerire che Farooq non le resterà estraneo, perché lui l'ha già accettata così com'è.

E questa sì che è una fortuna rara.

Per l'occasione è tornata anche Benazir, col suo bambino dagli occhi curiosi.

«Ti sei fatta così bella» le è scappato detto quando ha rivisto Azeema dopo tre anni di lontananza.

Erano in cucina e la sorella minore, invece di rispondere, si è stretta nel suo chador. Poi ha fatto un cenno verso un angolo della stanza; Benazir ha annuito, ha raccolto suo figlio dalle braccia di Fatima e si è ritirata dietro la tenda.

Quando ne è uscita, stringeva un bambino esausto di pianto.

Quella sera, quando Azeema ha raggiunto la sua gemella dietro la tenda – da quando è promessa sposa è tornata a dormire con lei – per prima cosa ha notato il sorriso triste che rivolgeva al suo sterno.

«Neanche tu verrai a trovarmi» ha mormorato sua sorella, sbrodolandosi addosso le parole.

«Farooq non è come Haleem» ha risposto Azeema, col petto in fiamme.

«Ma tu sarai come Benazir».

«Non è stata colpa sua», ripete la promessa sposa.

Colpa. È la prima volta che quella parola risuona fra loro, e rimane a lungo sospesa come un'eco. Così a lungo che Azeema può fingere di addormentarsi.

«Non lo fare per me» sussurra la gemella segnata, perché Azeema non la senta.

Ma ormai è tardi.

***

La gemella segnata ha ascoltato il rito dal suo angolo dietro la tenda. Prima delle nozze, Azeema ha provato a coinvolgerla: le ha riservato un posto d'onore a tavola e le ha promesso una giornata di festa – di normalità. Ma la gemella ha preferito di no, e nessun altro della famiglia ha insistito.

Così, ha sentito le condizioni del nikkah e l'applauso che è seguito alla firma dei due sposi, il silenzio religioso in cui sono sbocciate le parole del Corano, il coro – come un canto – degli invitati mentre i due sposi si guardavano allo specchio per la prima volta, e Azeema svelava il suo volto per Farooq.

Gli invitati ora stanno banchettando, sotto le tende imbandite per l'occasione nel cortile della casa, com'è stato già per le nozze di Benazir. Farooq, tra tutti, è quello con la voce più rara: matura, morbida e appena un po' ruvida – la voce che ci si aspetterebbe da un padre.

Ogni tanto, qualcuno entra in cucina per prendere qualcosa, e ogni volta si attarda un secondo di troppo: come se volesse carpire un sospiro nascosto, o intravedere un segreto tra gli spiragli di stoffa. Finché finalmente la tenda si scosta con decisione, e compare la sposa. È splendida nel suo vestito rosso, avvolta in un alone di meraviglia e tintinnii. Tra le mani tiene un vassoio con portate per due.

È la tradizione, certo – il raccoglimento prima del ravanghi, la partenza della sposa dalla casa del padre – ma è anche un loro rito. Azeema la aiuta a sollevarsi e le sistema un carrello davanti ai gomiti. Nei piatti, la sposa ha diviso il cibo in modo che la sorella possa mangiare quasi in completa autonomia; non ci sono le pietanze più liquide, che le colerebbero sul petto, né quelle più friabili che rischiano di sfarinarsi prima che lei arrivi a masticarle.

Per sé, Azeema ha selezionato lo stesso.

Mangiano sedute vicine; Azeema le racconta il matrimonio e la sorella ascolta, distraendosi a tratti a una risata misurata di Farooq, che spicca per la sua novità tra le voci che arrivano da fuori. Sembra a suo agio, come a casa sua.

La sorella si sazia presto – o meglio, si stanca – e anche la sposa, per rispetto, smette di mangiare. Appena il carrello viene spostato di lato, la sorella si sporge sul cuscino; sotto ci sono due sacchettini dorati: i suoi due regali per la sposa. Tira fuori il più grande e lo porge ad Azeema con quel suo gesto speciale e obbligato – con entrambe le mani e a capo chino, come se pregasse.

La sposa apre il sacchetto: dentro, semplice ma a lungo meditato, c'è un bracciale di pietre rosse.

Azeema non sa da quanto tempo quel bracciale occupi i pensieri della sorella; non immagina la pena per riesumarlo nel ricordo e riadattarlo al carattere di Azeema; capisce solo il dolore fisico che si è annidato in ogni goccia di pietra, in ogni fibra d'argento, in ogni minuscola, deliziosa piega del monile mentre la sorella vi lavorava, china di nascosto, con la complicità di Fatima ma rigorosamente senza il suo aiuto.

La sposa abbraccia la sorella, avvolgendola tutta nei suoi profumi; lei, raccolta e avvinta, si aggrappa a una ciocca di capelli che sfugge dal velo rosso.

«Non l'ho fatto per te» mormora la sposa. E neanche perché la colpa, pensa Azeema, in fondo è stata mia.

Questo lo pensa ma non lo dice. La sorella, tra le sue braccia, non si muove.

«Lo avrei voluto più vecchio, più brutto, più cattivo» continua la sposa, «ma Farooq non è così. Tu sei mia sorella, e lui lo sa».

Le voci, fuori, si sono sedute intorno a quella di Mohammad, che racconta di quando Azeema era bambina e per poco non mandava a fuoco la casa con la stufa a cherosene.

«Sai cosa mi ha detto, prima? Che i nostri figli non lo faranno mai».

La storia finisce, e le voci ridono.

«Sono fortunata» sussurra la sposa.

Restano strette insieme ancora per un po'. La sorella della sposa si lascia andare a una sensazione strana: vorrebbe stare per sempre così, eppure anche non essere lì. È come se si scindesse in due; ed è talmente forte, quella sensazione, e fisica nel contatto sempre più scomodo con il corpo di Azeema, che i contorni delle cose si sfumano, le certezze degli spazi svaniscono, la sua stessa pelle sembra sciogliersi e diluirsi con quella della gemella, ma come l'olio in un bicchiere d'acqua.

Alla fine, la sposa deposita un bacio sulla testa della sorella, si riprende i veli e i profumi ed esce dalla tenda per partire con suo marito.

Dentro casa, adesso, non c'è più nessuno: si sono raccolti tutti sulla strada per salutare gli sposi.

La gemella si rannicchia sul cuscino – Azeema è fortunata, si ripete: è fortunata – ed estrae il secondo regalo per la sposa.

Certo che è fortunata: perché non è segnata. E di nuovo,

la sorella si scioglie in due mucchietti: uno vorrebbe sospirare di sollievo mentre l'altro invece vorrebbe gridare.

Azeema è fortunata, perché se ne va mentre lei invece rimane: uno straccio sporco dietro una tenda, un peso morto per Fatima, per Mohammad e per lo zio Hasan.

La gemella stringe tra le dita il sacchettino dorato: quello che contiene è meditato da meno tempo, ma con più urgenza. Eppure, ha aspettato anche troppo: per non interrompere i preparativi, per non rovinare la festa. Per non intervenire più nel destino di sua sorella.

Ma Azeema è fortunata, perché non importa – *lei* non importa: a Farooq, a Benazir, agli invitati che festeggiano in cortile, e che pure sanno.

I nodi del sacchettino, vicinissimi ai suoi occhi, si imbrogliano e non si lasciano sciogliere. Allora le sue dita hanno un moto di stizza e il sacchettino si lacera dall'interno, liberando sul cuscino un barlume metallico e acuminato.

Certo che Azeema è fortunata, pensa la gemella giocherellando coi bordi affilati del suo secondo regalo: perché andrà avanti, senza di lei.

E il silenzio, tutt'intorno, è totale.

L'incontro

Bepi e Zayna

«Per favore» prega l'infermiera.

Qualcuno solleva il lenzuolo. La ragazzina serra gli occhi. Il silenzio si ammassa sulla sua pelle, sulle sue braccia, sul suo mento. Solo la plafoniera ronza, sul soffitto della corsia. Poi: «Let's try» dice una voce piena di vocali. *Proviamo.*

No, vorrebbe rispondere la ragazzina. Non mi toccate, non mi guardate nemmeno. Ma la sua, di voce, è sepolta da qualche parte sotto il mento, dentro la pelle che in tre anni le è ricresciuta a fiotti, infittendosi intorno al suo busto deformato.

Proviamo; ma è un intervento difficilissimo, le dicono, potresti morire nel tentativo.

Allora la ragazzina ha paura, una paura che non aveva quando ha raccolto dal cuscino quella lametta da poche rupie – il prezzo umile di uno strumento da uomo – e se l'è premuta sulla pelle dei polsi fino a lacerarla.

Ma non mi è riuscito, non fa che rimproverarsi, neanche questo mi è riuscito. E pensa sempre a sua sorella, ad Azeema nel suo splendido abito rosso – dov'è adesso? –, un rosso così diverso da quello che stinge sotto le sue bende. Solo quella lametta aveva senso, si ripete la ragazzina, ma non ci sono riuscita.

Sta per rifiutare, per farsi riportare a casa dallo zio Hasan che la veglia dal fondo del letto. Solo che, a quel punto, il dottore con la voce piena di vocali si china verso la ragazzina e le dice una parola che lei non sentiva da tempo.

«Proviamo, Zayna?».

***

Il dottore italiano si fa accompagnare allo spogliatoio dei medici. È la prima volta che entra in quell'ospedale; in genere opera in una clinica che questa volta è chiusa per ristrutturazione.

L'infermiere esce richiudendo la porta, e il dottore rimane solo. Lo aspettano almeno quattro ore di intervento per liberare il collo di quella ragazzina dai legacci di pelle che le incatenano il mento al petto. E nel collo c'è tutto: arterie, vasi, carotide. Mentre si cambia, il dottore ripassa mentalmente la procedura: dovrà tagliare le briglie fibrose della pelle, che si sono cicatrizzate come liane, sfilacciandole e mai tranciandole con un'incisione accurata e prudente. Dovrà proteggere non solo i vasi sanguigni, ma anche i tessuti muscolari – che sono difficilissimi da recuperare – per non compromettere i movimenti del collo. Dopo l'incisione, sulla gola della sedicenne rimarrà un grande buco, su cui il dottore dovrà innestare la pelle nuova. Alla fine, bisognerà raddrizzare la testa della paziente e fermarla con un blocco, per evitare che la postura sbagliata degli ultimi tre anni vanifichi l'intervento.

No, quattro ore sono poche, realizza il dottore. Con tutte le difficoltà linguistiche e le cautele in più che deve usare ogni volta che opera in questa parte di mondo, forse ce ne vorranno cinque; con la stanchezza che avanza, probabilmente sei.

Questo per quanto riguarda il collo. Poi, ci sono le braccia.

Il dottore sta per dedicarsi alla procedura per il torace quando l'occhio gli cade sul telefono cellulare, e la sua concentrazione vacilla. Aspetta notizie da un altro ospedale, a Udine; ma laggiù è ancora notte, e nessuno gli fa sapere niente.

Non sono tanto le condizioni fisiche a preoccuparlo, si costringe a pensare il dottore, ma quelle psicologiche. La paziente è apatica, non risponde alle sollecitazioni, si è abbandonata alla depressione; ha usato le ultime energie per tentare il suicidio, senza riuscirci. Tutto – cause, modalità, effetti – corrisponde al solito quadro, tutto ripropone la medesima situazione.

Tutto è così atrocemente banale.

L'intervento più difficile verrà dopo, quando le toglieranno le bende e la paziente dovrà tornare a vivere, convinta di non meritarselo.

Se decidi di non andare, io ti perdono.

Quel pensiero fulmina il dottore mentre si sta lavando le braccia. È fugace e corrosivo come un presentimento; per allontanarlo da sé, il dottore si passa una mano sulla fronte, e questo gesto lo obbliga a ripetere il lavaggio.

Ma ormai si trova lì. Ha volato per undici ore, con uno scalo silenzioso nel cuore della sua notte, mentre a Udine sua madre era sotto anestesia in sala operatoria. Ora lui non può fare altro che aspettare, come del resto i medici che l'hanno operata in Italia, e sperare che sua madre si risvegli.

Un'infermiera aiuta il dottore a indossare i guanti: è la stessa che ha sollevato il lenzuolo per mostrargli la sedicenne piegata su sé stessa. Mentre gli porge il secondo guanto, la donna tiene gli occhi verdi socchiusi di concentrazione; e il dottore pensa che forse, per lei, ogni intervento è un esame, un processo, una battaglia. Una conquista. È un modo come un altro per farsi forza in sala operatoria, quando la salute di un paziente è sottomessa alla propria competenza e alla propria tenacia, e si deve pensare ad altro per non intrecciare le proprie angosce con quelle di chi giace sul letto operatorio.

Anche al dottore, oggi, serve un motivo in più, una ragione che non gli faccia tremare le mani quando prenderà il bisturi per incidere la pelle di una sedicenne sfigurata. Una motivazione solida, algida, all'altezza del suo ruolo e della sua missione.

E però: ti prego, supplica il dottore nella sua testa, se io aiuto questa ragazzina, tu salva mia madre.

***

Cala la notte su Lahore, come un velo rapito dal vento: si impiglia sulle cose con indolenza e si trascina indifferente fino all'aurora. Per tutto quel tempo, il telefono del dottore rimane muto.

L'intervento è durato più del previsto, non tanto per le complicazioni – il corpo della paziente, incredibilmente, l'ha sopportato con un'ostinazione che non pareva solo organica – ma perché il dottore italiano ha insistito per operare anche le braccia.

«Non so quando torno» ha spiegato agli altri medici. Non so se torno, diceva a sé stesso.

«La sala d'attesa è piena» ha provato a dire un infermiere. «Tutto questo tempo per una sola paziente...».

«Forse» è intervenuto un altro chirurgo, «possiamo stabilire i criteri per un triage».

Se decidi di non andare...

«Non ha senso lasciarla così» ha mormorato il dottore italiano.

«Le altre le mandiamo via, allora?».

Il dottore, quella notte, non ha chiuso occhio.

Quando il mattino risorge e matura in cielo, l'infermiera dagli occhi verdi va a chiamare il dottore italiano.

La paziente si è svegliata.

Dopo l'operazione l'hanno spostata in una stanzetta che, gremita com'è, sembra ancora più angusta. I dottori pakistani contemplano la sedicenne sussurrandosi commenti, con le mani dietro la schiena e il torace teso in avanti.

Sul lettino, la paziente trema impercettibilmente. Le sue ossa si stanno dispiegando, libere e leggere ma ancora sofferenti, come i rami di un albero da cui siano stati finalmente colti i frutti. Gli infermieri le hanno steso le braccia vestite di garze e le hanno legato i polsi, ancora coperti dai cerotti, a due sostegni esterni al letto, all'altezza delle spalle minute. Le gambe sono allungate e strette sotto il lenzuolo, e la fronte, rivolta verso il soffitto, è trattenuta da una specie di corona che mantiene la testa e il collo fasciato in posizione eretta.

Il dottore italiano si ferma sulla soglia e guarda quella sedicenne crocifissa. L'infermiera dagli occhi verdi si china su di lei e le sussurra qualcosa, accennando con lo sguardo verso di lui.

Allora, nonostante i dolori vecchi e quelli nuovi – che pure sono vita – la sedicenne si muove: il letto scricchiola, le vertebre stridono e la fessura tra la corona e la fronte si riduce fino a estinguersi.

Zayna ha sollevato il capo per guardare il dottore; poi, dopo tre anni, il suo corpo le obbedisce in un movimento minimo, preziosissimo e riconoscente, che significa una parola sola.

Allora, al dottore italiano tremano le mani.

E in quel momento, nella tasca del suo camice vibra una chiamata dall'Italia.

Postfazione
Collaboration to serve Humanity with Dedication

*Di Giuseppe Losasso, Presidente di Smileagain FVG
e Daniela Fasani, Vicepresidente di Smileagain FVG*

A maggio 2018 siamo andati a Multan per verificare l'andamento del progetto del Centro Ustioni. Al momento della partenza, eravamo entrambi divorati da un'ansia che ci ha accompagnati per tutto il viaggio. Da un lato, temevamo di non trovare il risultato desiderato; dall'altra, avevamo invece il presentimento di scoprire qualcosa di eccezionale che, se realizzato secondo le nostre aspettative, poteva sorprenderci ed emozionarci profondamente.

Una volta giunti in Pakistan, siamo stati accolti da uno dei medici che aveva seguito il nostro master formativo all'Università di Udine, il dottor Bilal. La sua gentilezza e disponibilità ci hanno rincuorati, e fatto sperare in un esito positivo per il nostro viaggio.

Il giorno dopo, accompagnati dal dottor Bilal, scortati da due camionette e da una squadra di uomini armati in tenuta antisommossa, ci siamo incamminati verso il luogo in cui, fino a pochi mesi prima, avevamo trovato soltanto un cantiere.

E invece eccolo, il Pak-Italian Modern Burn Centre & Acid Burn Treatment Centre di Multan.

Una bellissima insegna blu e bianca campeggia sulla facciata di questo antico edificio, interamente ristrutturato e adibito a struttura ospedaliera d'avanguardia; al centro dell'insegna, due mani con i colori del Pakistan e dell'Italia si stringono a suggellare un patto importante: "Collaboration to serve Humanity with Dedication".

Ad accoglierci davanti al Centro c'era una piccola rappresentanza dei medici e degli infermieri che avevamo formato a Udine, insieme al Direttore Sanitario; dopo averci accolti con un bel mazzo di fiori, ci hanno accompagnato tutti nella visita alla nuova struttura.

A questo punto l'emozione si è impossessata dei nostri cuori, perché stavamo vedendo realizzato il nostro più grande sogno. Abbiamo quasi difficoltà a scrivere con ordine, per l'emozione che ci suscita il ricordo di quelle bellissime immagini: metro dopo metro, attraverso quei corridoi coloratissimi e le stanze di degenza affollate di pazienti, prendevamo coscienza che, a volte, i sogni si realizzano.

Sale operatorie con tutto il *know how* che avevamo immaginato, da far invidia alle dotazioni dei nostri ospedali europei. Ben dieci box per ustionati gravi, completamente arredati con i più sofisticati macchinari attualmente in commercio. Un sistema di trasmissione per la videoconferenza in funzione tra la sala operatoria principale e la sala riunioni, per le dirette a scopo didattico, come nelle più moderne e attrezzate università occidentali. Un centro di riabilitazione annesso all'ospedale, per restituire mobilità e funzioni ai pazienti con esiti di ustioni.

Da quando ha aperto, il Centro si è già distinto come un'eccellenza asiatica, attirando pazienti non solo da tutto il

Pakistan e dal subcontinente indiano, ma anche dalla Malesia e dall'Afghanistan.

Il Pakistan sostiene tutte le spese del Pak-Italian Modern Burn Centre. Gli accordi presi con *Smileagain* prevedono che le cure siano garantite a tutti e a titolo completamente gratuito. Con il tempo, probabilmente le cose cambieranno, e saranno riservate alcune stanze a pagamento per le visite dei luminari più importanti del Paese. Ma va bene anche così, purché l'assistenza continui a essere garantita alle vittime di ogni età, provenienza, ceto e sesso. Le cause di ustione sono varie e molto diffuse: non solo per la piaga dell'acidificazione, ma anche per gli incidenti domestici e sul lavoro, molto frequenti negli strati più poveri della popolazione (in Pakistan non si usa il camino, bensì il focolare o la stufa a cherosene in un angolo della casa). Inoltre, i cavi della corrente sono volanti e bassi: il rischio di folgorazione e di ustione da corrente elettrica, soprattutto nel Punjab, rimane ancora elevatissimo.

Un altro articolo dell'accordo tra Italia, Pakistan e *Smileagain* prevede che la ONLUS friulana abbia sempre a disposizione due sale operatorie e dieci posti letto per operare le donne acidificate, e continuare così la sua azione.

Ma il nostro sogno più grande è chiudere *Smileagain*.

Speriamo sinceramente di vedere il giorno in cui non ci saranno più ragazze da curare, da rimettere in piedi e da riaccompagnare al centro della loro vita: ragazze come Nasreen, Iram e Fakhra, o come Zayna che le rappresenta tutte, soprattutto quelle rimaste senza nome. Quel giorno, che forse non è poi così lontano, non dovremo più convincere una donna che la sua essenza non si riduce a una cicatrice, e che c'è molto di più, in lei, di un volto sfigurato o di un corpo violentato.

Dopo tanti anni di volontariato, di viaggi e di battaglie, di errori e di vittorie, di incontri e di interventi, abbiamo avuto la fortuna di capire una cosa importante: che noi, più di tutto, vogliamo diventare inutili.

Daniela Fasani e Bepi Losasso davanti al Pak-Italian Modern Burn Centre & Acid Burn Treatment Centre di Multan, maggio 2018.

Il giardino del Pak-Italian Modern Burn Centre.

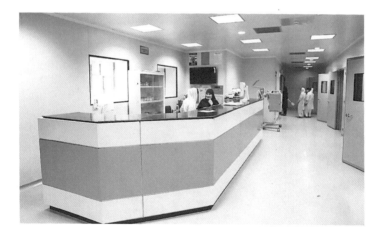

L'area degenza con i box del Centro Ustioni.

Lo staff del Centro Ustioni.

Il riconoscimento a Smileagain FVG per il suo impegno in Pakistan.

Masjid Baadshahi (Moschea Imperiale), Lahore 2004.

Nasreen, a destra, impara il Braille da un'insegnante non vedente, Lahore 2006.

Iram al Castello di Udine, ottobre 2011.